KB115240

변혁
1990

천지무천 장편소설

33

FUSION FANTASTIC STORY

변혁 1990 33권

천지무천 장편 소설

초판 1쇄 찍은 날 § 2018년 4월 16일
초판 1쇄 펴낸 날 § 2018년 4월 23일

지은이 § 천지무천
펴낸이 § 서경석

편집책임 § 김경민
편집 § 이종식

펴낸곳 § 도서출판 청어람
등록번호 § 제1081-1-89호
등록일자 § 1999. 5. 31
어람번호 § 제1-2884호

주소 § 경기도 부천시 부일로 483번길 40 서경B/D 3F (우) 14640
전화 § 032-656-4452   팩스 § 032-656-4453
http://www.chungeoram.com
E-mail § chungeorambook@daum.net

ⓒ 천지무천, 2013

ISBN 979-11-04-91708-0 04810
ISBN 978-89-251-3388-1 (세트)

※ 파본은 구입하신 서점에서 교환하여 드립니다.
※ 저자와 협의하여 인지를 붙이지 않습니다.
※ 이 책은 도서출판 청어람과 저작자의 계약에 의해 출판된 것이므로,
   무단 전재 및 유포·공유를 금합니다.

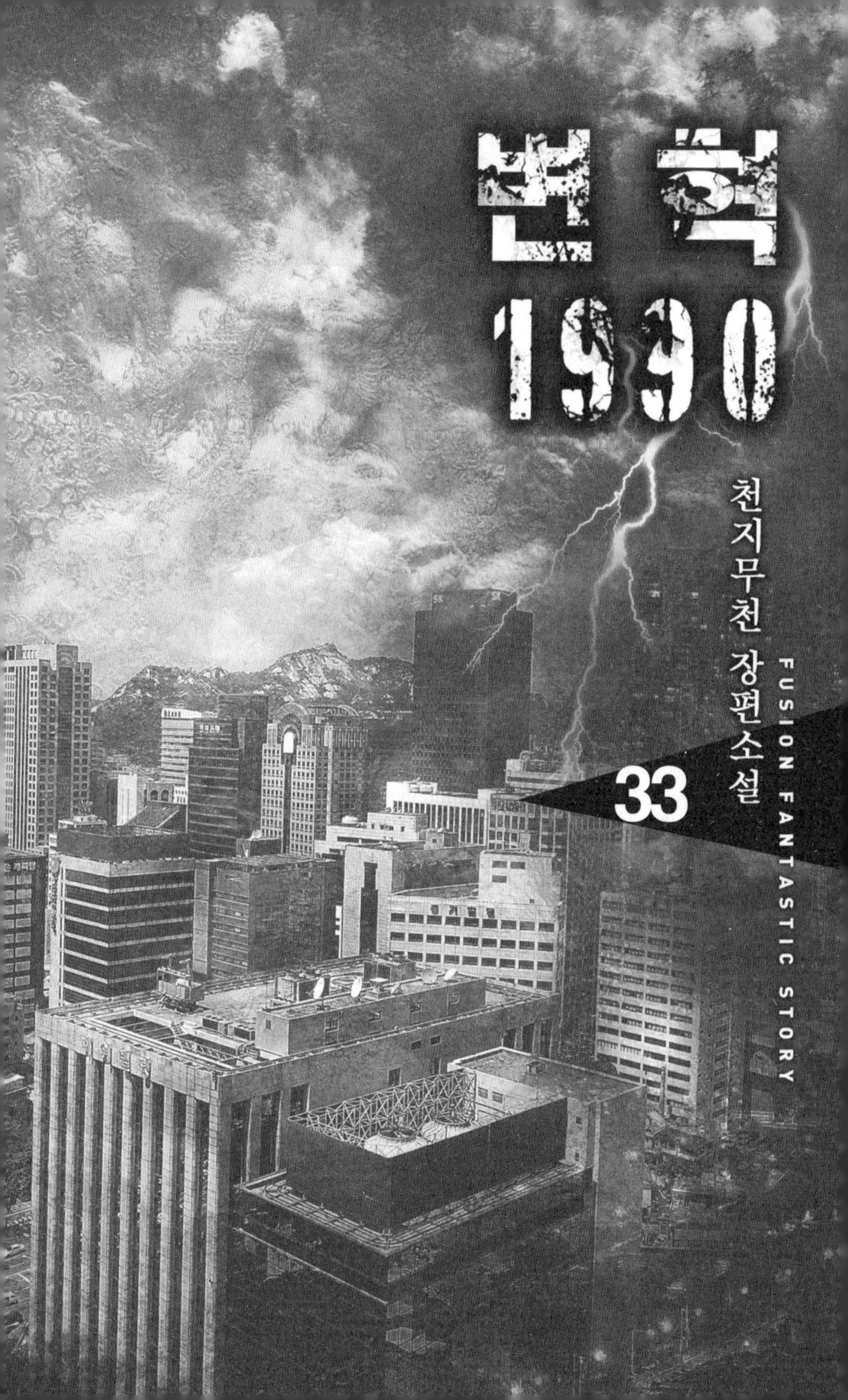
변혁
1990
천지무천 장편소설
33
FUSION FANTASTIC STORY

CONTENTS

Chapter 1

　뜻밖의 제의를 하는 한종태의 의도가 어떤 의미인지를 파악하기 힘들었다.

　"많이 놀라신 것 같습니다."

　"예, 너무 뜻밖의 말씀이라서."

　"전 지금까지 많은 사람을 만나왔고, 지금도 제 주변에는 사람들이 많습니다. 하지만 진정으로 이 나라와 국민을 걱정하고 진심으로 위하는 사람은 찾기가 힘들었습니다. 강 회장님이 지금까지 걸어온 모습을 보면 저와 비슷한 점이 적지 않습니다. 젊은 나이에 이루신 성공은 물론이고 기업

경영에 대한 철학도 다른 기업인과는 전혀 다른……."

한종태 당 대표는 나에 대한 칭찬을 늘어놓기 시작했다. 나에 대해 충분한 조사를 하지 않으면 알 수 없는 이야기들도 꺼내놓았다.

"지금 이 나라가 겪고 있는 어려움에는 강 회장님 같은 분의 능력이 절실히 필요합니다."

"음, 저에 대해서 좋게 봐주셔서 감사합니다. 하지만 지금 제가 맡고 있는 회사들을 경영하는 데도 벅찬 상황입니다."

"물론 회사 일로 무척 바쁘시다는 것을 잘 알고 있습니다. 하지만 지금 자칫 잘못하면 이 나라는 그동안 이룩했던 경제적 번영을 모두 잃어버릴 수도 있는 상황에 놓여 있습니다. 현 정부는 지금의 경제 위기를 너무 안일하게 보아왔습니다. 이에 대한 대처 또한 아마추어적인 사고와 대응으로 일관하고 있습니다. 이대로 가다가는 동남아 국가들처럼 IMF에 협조를 구하지 않으면 안 될 정도의 상황에 놓일 것입니다."

한종태는 현 경제 위기를 나름 정확하게 보고 있었다.

대선 주자인 그의 주변에는 조언을 건네는 경제학자와 기업인이 적지 않았다.

"맞는 말씀입니다. 하지만 저는 그럴 만한 능력이 되지 않습니다. 대표님의 주변에는 저보다 훌륭하신 분들이 많은 것으로 알고 있습니다."

"물론 훌륭한 분들이 계시지요. 하지만 이 위기를 헤쳐나갈 수 있는 적합한 분은 제 눈에는 강 회장님밖에는 들어오지 않습니다. 지금 당장 답을 주시지 않으셔도 좋습니다. 저를 도와주신다는 생각을 하지 마시고 이 나라와 국민을 살린다는 대국적인 마음으로 판단해 주시길 바랍니다."

한종태는 나의 거절 의사에도 아랑곳하지 않고 다시금 나에게 협조를 부탁했다.

"제가 능력이 되지도 않지만, 부총리에 오른다는 것을 국민들이 납득하지 못할 것입니다. 오히려 저로 인해 대표님과 이 나라에 피해가 발생할 수도 있습니다."

솔직히 한종태를 가까이하고 싶지 않았다.

그가 지금까지 대중을 속이기 위해 쓴 가면 뒤에 숨겨진 본모습엔 추악한 권력욕과 집착이 도사리고 있다는 것을 알기 때문이다.

'누가 이런 생각을 한 거지? 한종태의 머리에서 나온 것은 아닌 것 같은데⋯⋯.'

"물론 모두가 받아들일 수는 없을 것입니다. 하지만 진정한 리더는 올바른 길이라고 생각이 들 때는 이 나라를 위해서 욕을 먹을 각오를 해야 합니다. 아직은 제가 대통령이 된 것도 아니니, 천천히 생각해 보십시오. 저는 강 회장님이 신의주 특별행정구를 성공적으로 이끄신 모습에서 큰 감명과 함께 확신하게 되었습니다. 부디 이 나라의 위기를 외면하지 마시길 바랍니다."

한종태는 언변가다운 말을 마치고는 자리에서 일어났다.

"예, 고민을 해보겠습니다."

한종태와 지금은 대립각을 세울 필요 없었다.

그의 말처럼 아직 한종태가 대통령이 된 것이 아니기 때문이다.

"하하하! 그나마 나은 대답이네요. 고민을 깊게 해보십시오. 제가 볼 때 강 회장님은 부총리 자리보다 더 높은 곳을 바라보셔도 될 분이니까요. 그럼 저는 이만 가보겠습니다."

'무슨 뜻이지? 더 높은 곳이라니……'

"예, 다음에 또 뵙겠습니다."

한종태는 다시금 나에게 악수를 청하고는 또 다른 약속 장소로 향했다.

대선을 향한 그의 발걸음은 매우 분주해 일분일초를 쪼개면서 사람들을 만나고 있었다.

한종태가 떠나고서도 한참을 그가 마지막에 한 말에 대한 생각에 잠겼다.

"설마, 나를 자신의 후계자로 보고 있는 건가?"

부총리에서 더 높은 자리는 총리와 대통령뿐이었다.

*   *   *

7월 15일 기아그룹의 부도 이후 재벌 그룹의 부도가 언론에 등장하지 않았다.

하지만 10월에 들어와 주식가격이 연일 폭락하여 566.67로 마감했고, 원화 환율이 달러당 924원까지 치솟았다.

금융시장의 붕괴 조짐까지 보이자 그동안 자금난에 시달리던 기업 중 쌍방울그룹에 먼저 부도가 발생했다.

1989년 프로야구 제8구단인 쌍방울 레이더스를 창단하는 등 한때는 호남에 연고를 둔 기업 중 금호그룹 다음으로 잘나가는 기업이었다.

하지만 전북 지역의 삐삐와 시티폰 사업자였던 전북이동통신의 적자와 ㈜쌍방울개발이 추진한 무주리조트, 익산골프장 등 레저 산업 진출에 따른 건설 비용을 감당하지 못한 것이다.

쌍방울그룹의 모기업인 쌍방울은 흑자를 내고 있었지만, ㈜쌍방울개발은 해마다 1천6백억 원의 손실금이 발생했고, 쌍방울그룹의 금융권 전체 여신 1조 1,780억 원 중 8천7백억 원의 빚을 지고 있었다.

"외국인들이 연일 주식을 팔고 있습니다. 이 때문에 환율도 가파르게 상승했습니다. 외환 당국이 915원을 지키기 위해서 5억 달러를 시장에 던졌지만, 시장의 힘에 밀려 개입을 중단했습니다."

기아자동차의 부도 이후 한국 시장을 예의 주시하던 외국인과 투자기관은 부도 기업에 대한 한국 정부의 미지근한 사후 처리와 대처에 실망하여 주식을 내던지고 있었다.

여기에 늘어나는 금융권의 부실채권과 쌍방울그룹의 부도가 불을 댕겼다.

시장에는 쌍방울에 이어 태일정밀과 뉴코아그룹은 물론 해태그룹의 위기설이 흘러나오고 있었다.

"음, 아까운 달러만 소비했군요. 환율은 이미 깨진 항아리라고 보면 됩니다. 앞으로 환율은 우리가 겪어보지 못한 가격까지 상승할 것입니다."

아시아의 다른 나라들처럼 한국 정부도 환율 방어에 애를 쓰고 있었다.

"외국인들이 이제는 은행주를 떠나서 자금난과 관계없는 기업들의 주식까지 마구 팔아 치우는 형태를 보이고 있습니다."

김동진 비서실장의 말처럼 초기에는 기아 사태 이후 부

도로 쓰러지는 기업들의 부실채권을 떠안게 된 은행주를 주로 내다 팔았다.

"외국인들의 탈주는 미국의 투자회사인 골드만삭스와 메릴린치증권이 내어놓은 보고서의 영향이 크게 작용했습니다. 거기에 기아그룹의 처리가 실마리를 찾지 못하고 늦어지는 것이 금융 불안 심리를 자극한 것입니다. 거기에 외국 은행들이 국내 은행들에게 자금을 빌려주지 않거나 만기 연장을 해주지 않고 자금을 회수하고 있는 상황도 크게 작용했습니다."

나는 소빈뱅크에서 전달된 보고서를 김동진 비서실장에게 건넸다.

골드만삭스와 메릴린치는 한국의 보유 외환에 관한 보고서를 작성하여 월가의 은행들에게 돌렸다.

이 보고서에는 한국의 외환 보유액이 예상보다 부족하기 때문에 태국과 인도네시아처럼 IMF의 지원을 받을 가능성이 크다는 점과 함께, 원화 환율이 3개월 이내에 달러당 1,150원으로 상승하며 8개월 이내에는 1,250원까지 올라갈 것으로 전망했다.

미국의 언론들은 이 분석 보고서를 바탕으로 기사를 써서 보도했다.

한국의 외환 사정이 생각보다 어렵고, 동남아 국가들처

럼 IMF에 구제금융을 신청해야 할지도 모른다는 보도였다.

하지만 이러한 움직임은 헤지펀드들의 초기 공격 방법이었다.

"후! 이런데도 한국은행과 재정경제원(기획재정부)은 앵무새처럼 한국 경제는 펀더멘털이 좋기 때문에 동남아 국가처럼 되지 않을 것이라고 장담하는 말만 하고 있습니다."

김동진 비서실장은 분석 보고서의 내용을 살피며 말했다.

재정경제원은 한국은 변동환율제를 택하고 있고, 자본 유출입도 제한하고 있어서 외환 위기에 취약한 동남아와는 다르다는 주장을 계속해 오고 있었다.

"후후! 우물 안의 개구리들입니다. 홍콩과 뉴욕에서 지금 벌어지고 있는 상황을 제대로 파악하지 못하고 있습니다. 이제 홍콩에서 벌어지는 환율 전쟁이 끝나는 동시에 한국으로 칼날이 향할 것입니다."

내 말처럼 홍콩에서는 지금 환투기 세력과 홍콩 금융당국과의 치열한 전투가 벌어지고 있었다.

그때였다.

뚜뚜! 뚜뚜!

책상에 올려진 인터폰이 올렸다.

"여보세요?"

—그레고리입니다. 홍콩 통화국에서 3개월 금리를 10%로 올렸습니다. 말씀하신 상황이 벌어지고 있습니다.

"내가 그리 가지."

—예, 기다리고 있겠습니다. "

딸깍!

"소빈뱅크로 가시지요. 홍콩에서의 싸움이 막바지에 달한 것 같습니다."

"이제 곧 한국이겠네요."

"어쩔 수 없는 수순입니다. 우리는 이 기회를 통해서 닉스홀딩스와 이 나라가 더욱 강해질 수 있게끔 해야 합니다."

같은 건물에 있는 소빈뱅크 국제금융센터는 뜨거운 열기가 가득 차 있었다.

서울을 비롯한 영국과 뉴욕, 모스크바, 도쿄의 국제금융센터에서는 홍콩에서 벌어지고 있는 싸움의 승부를 지켜보고 있었다.

이 싸움의 승자와 패자 모두 적지 않은 내상을 입게 될 수밖에 없는 싸움이었다.

둘 다 서로에 대한 정보가 부족했고 잘못된 판단을 했기 때문이다.

환투기 세력은 홍콩의 외환 보유액을 제대로 파악하지 못했다.

더구나 홍콩의 기업과 금융 산업의 건전성은 동남아와 비견할 바가 못 될 뿐만 아니라 홍콩은 무역 흑자국이었다.

"홍콩의 금융인들은 월가의 투기 수법을 정확하게 꿰고 있습니다."

항셍지수가 급격하게 떨어지는 전광판을 보며 그레고리가 말했다. 홍콩의 항셍지수는 일주일 사이에 10,426포인트로 23%나 폭락하고 있었다.

8월 최고치 17,820포인트와 비교하면 40% 이상 떨어진 것이다.

"예상대로 홍콩 통화국은 통화를 방어하는 대신에 주가를 포기했군."

홍콩을 공격한 헤지펀드들은 사전에 항셍지수 선물을 공매도한 후, 외환시장에서 선물환시장을 공격하여 홍콩 달러를 대량 공매도하고 미국 달러를 매입했다.

주식을 대량으로 처분하면서 항셍지수 선물에 대해 숏포지션(매도 포지션)을 취하고, 한편으로 주식을 빌리는 대주를 통해 주가가 하락할 것이라는 바람을 잡았다.

그와 더불어 외환시장에서 홍콩 달러를 공격했다.

신용거래가 증권회사로부터 자금을 빌려 주식을 매입한

후에 상환일에 대금을 상환하는 것인 데 반해, 주식대주거래는 돈 대신 주식을 빌려서 이를 처분하여 자금을 마련한 이후에 상환 일자에 동일한 주식을 재매입하여 상환하는 것이다.

"예, 지금까지 환율 방어에 대략 125억 달러를 사용한 것 같습니다."

헤지펀드는 홍콩 당국이 주가 하락을 더는 내버려 두지 못하고 홍콩 달러를 절하할 것으로 믿고, 최후 고지를 향해 치열한 공격을 단행 중이었다.

"더구나 홍콩은 두 달 동안 고정환율제를 잘 방어해 왔습니다. 이로 인해 숏 포지션에 섰던 헤지펀드들의 상당수가 큰 손해를 보았을 것입니다."

"음, 9백억 달러에 달하는 외환 보유고 때문이겠지."

그레고리의 말처럼 헤지펀드는 3%의 단기 이익을 내지 못하면 손해를 본다.

헤지펀드는 시중 금리보다 높은 금리의 차입금으로 투기를 하기 때문에 장기전에는 약하다.

홍콩은 헤지펀드가 예상했던 것보다 더욱 강력한 방어막을 형성하고 있었다.

"주식과 선물시장에 자금이 들어오고 있습니다."

가파르게 아래로 꺾여가던 항셍지수의 흐름이 순간 멈춰

졌다.

홍콩 통화국(HKMA)에서 현물 주식과 항셍지수 선물에 자금을 투입하기 시작한 것이다.

도시국가의 생사가 걸린 싸움이었다.

"예상대로야. 우리도 동참해."

홍콩 통화국은 25억 달러를 통원해 우량 주식을 사들이고 항셍지수 선물을 끌어올렸다.

그동안 홍콩 통화국은 100억 달러에 달하는 돈을 주식시장과 선물시장에 쏟아부었다.

이 때문에 헤지펀드들도 선물시장에서 아직 평가차익을 내지 못하고 있었다.

하지만 헤지펀드들도 마지막 싸움이라는 것을 알고 있는지 물러나지 않았고, 막대한 자금을 투입했다.

*   *   *

항셍지수가 10년 만에 하루 최대 하락폭인 10.4%까지 폭락한 이날, 홍콩 정부는 결정적인 핵폭탄을 터뜨렸다.

홍콩 금융청은 은행 간 초단기금리를 연 6%에서 300%로 상승시켰다.

300%는 말도 안 되는 살인적인 금리였다.

이와 함께 3개월 금리는 10.6%에서 37.3으로, 1개월 금리는 10.7%에서 47.5%로 급등시켰다.

또한 홍콩 통화국은 은행들이 차입금을 환투기에 사용하지 못하도록 시중은행에 대한 정상적인 금리 여신 제공을 금지했다.

둥젠화 홍콩 행정장관은 고금리에도 홍콩은 끄떡없다며, 환투기 세력과의 전쟁에서 이기겠다는 결사항쟁 의지를 보였다.

이러한 결과는 엉뚱한 곳으로 불똥이 튀었다.

*   *   *

환투기 세력에 대한 방어 조치로 취해진 홍콩의 살인적인 금리 적용으로 인해 주식시장은 크게 흔들렸고, 홍콩 증시에 투자했던 뮤추얼펀드와 헤지펀드 등 외국인 투자자들이 큰 손해를 입게 되었다.

홍콩발 주가 폭락은 아시아의 주요 주식시장을 하락시켰고, 이 여파는 유럽은 물론 미국의 주식시장도 요동치게 만들었다.

"홍콩의 사태를 예측한 대응으로 7억 달러에 가까운 수익을 올렸습니다. 하지만 항성지수의 폭락으로 홍콩 증시에 투자 중인 뮤추얼펀드와 헤지펀드 등 상당수의 국제 펀드들이 큰 손해를 입었습니다. 이로 인해 펀드 수익률이 급락해 환매를 요구하는 투자자가 급속하게 늘고 있어서……."

아시아 지역에 투자하고 있는 국제 투자 펀드들은 보유 자산의 절반가량을 홍콩 증시에 투자하고 있었다.

이번 홍콩 증시의 폭락으로 국제 펀드들의 수익률이 급락하자 펀드 환매를 요구하는 투자자가 빠르게 늘어났다.

이로 인해 환매 자금을 마련해야 하는 펀드들은 한국 증시에서도 소유했던 주식을 대량으로 매도할 수밖에 없었다.

이번 주 들어 한국증시에서 투자 펀드들이 주식을 팔아 해외로 내보낸 금액이 5억 달러에 이르렀다.

뮤추얼펀드는 투자자들의 자금을 모아 투자회사를 설립해 주식이나 채권, 선물옵션 등에 투자한 후 이익을 나눠주는 투자신탁을 말한다.

"홍콩의 불길이 아시아의 주식시장으로 번졌어."

"예, 일본과 싱가포르 증시도 대폭 하락했습니다. 유럽도 흔들리고 있습니다."

그레고리의 말처럼 홍콩발 증시 폭락의 강력한 독감이 전 세계로 퍼져 나가고 있었다.

"미국이 증시도 이제 곧 폭락하겠군?"

"예, 헤지펀드와 뮤추얼펀드들이 홍콩에서 물린 돈을 갚기 위해서 미국 주식을 대량으로 투매할 것입니다. 그렇지 않으면 펀드들은 파산할 수밖에 없습니다."

"덫은 이미 준비되었겠지?"

"뉴욕의 존 스콜로프가 준비하고 있습니다. 홍콩 금융관리국의 금리 정책을 예측하지 못했다면 뉴욕과 런던 지점은 자칫 모든 자본금을 까먹었을 것입니다. 이번 일로 인해 회장님의 말씀을 믿지 않는 인물들은 모두 사라지게 되었습니다."

홍콩의 금리 폭등으로 인한 증시 폭락의 영향으로 미국 증시 또한 폭락하리라는 것을 서울에 모인 소빈뱅크의 주요 인물들에게 설명했었다.

내 이야기에 동조하는 인물들은 절반이었고, 나머지는 헤지펀드들이 예상했던 것처럼 홍콩 달러가 평가절하될 것이라고 믿었다.

그들이 알고 있는 지식과 경험에 따른 예측이었지만 결과는 전혀 달랐다.

"나도 백 퍼센트 확신을 갖고 한 이야기는 아니었으니까. 이번 일로 놈들에게 상당한 타격을 주겠지."

소빈뱅크 런던과 뉴욕 지점은 미국의 다우존스 공업지수

의 폭락을 예측하고 공매도를 진행하고 있었다.

거기에 선물지수인 다우지수 숏 포지션과 S&P지수 옵션에 대량의 풋 옵션(Put Option: 가치가 떨어지면 돈을 벎)을 가져갔다.

"27일이 되면 두 지점의 투자금이 2배로 늘어나 있을 것입니다."

1997년 10월 27일 월요일은 10년 전 블랙 먼데이 이후 지수상으로는 두 번째 최대 낙폭을 기록하게 된다.

이날 다우지수는 554포인트(7.18%)나 폭락했고, 두 번이나 거래 정지가 일어났다.

현재 증권거래법상 다우존스 지수가 150포인트 이상 하락하면 주식 거래를 30분간 정지하게 되어 있다.

"음, 홍콩이 우리에게 큰 선물을 주었지만, 한국에는 더 큰 어려움을 가중시켰어."

외국인들의 주식 투매는 그동안 안정된 흐름을 찾아가던 국내 주식시장의 하락과 환율 상승을 가져왔다.

"회장님께서 늘 말씀하신 큰 그림을 그리기 위해서입니다."

서울 지점의 그레고리는 소빈뱅크의 인물들 중 나를 가장 신뢰하고 존경했다.

"그래. 큰 그림을 위해서지."

홍콩 사태에 이어 미국의 월가가 다시금 맞게 되는 블랙먼데이가 현실로 일어나면 소빈뱅크의 인물들은 물론이고 전 세계의 펀드매니저들이 나를 다시 보게 될 것이다.

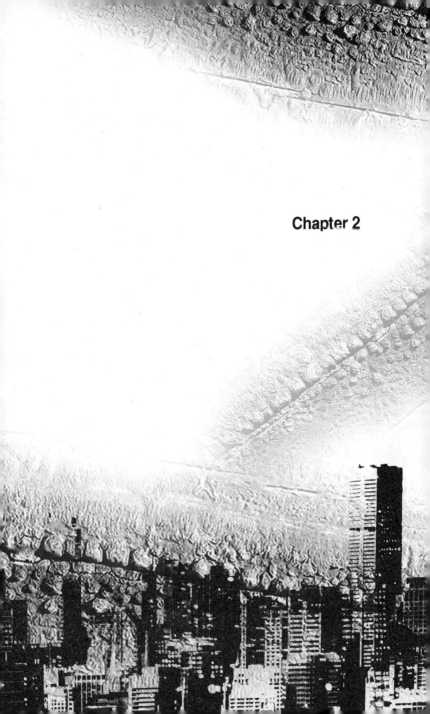

Chapter 2

한라그룹에도 빨간불이 들어왔다.

이삼 일 간격으로 1~3백억 원짜리 만기 어음이 돌아오고 있었다.

"한라건설과 한라시멘트가 위태롭습니다. 내일 당장 325억 원이 필요합니다."

김웅석 비서실장의 보고에 정태술 회장의 표정이 일그러졌다.

한라그룹이 가지고 있던 현금이 씨가 말랐다.

새로운 민주한국당을 창당한 한종태 당 대표에게 건네주

기로 한 대선 자금까지 쓸 정도로 상황이 매우 급하게 돌아 갔다.

그나마 건실하게 유지되던 한라시멘트는 경제 위기에 따른 건설 경기 위축과 함께 한라그룹 내 기업 간의 상호보증으로 위험에 처했다.

"아이고! 머리야. 끝끝내 한라건설이 발목을 잡는군. 조흥은행에서는 뭐라고 했어?"

뒷목을 손으로 주무르며 말하는 정태술의 얼굴색이 좋아 보이지 않았다.

요즘 부쩍 어려워진 한라그룹으로 인해 잠을 제대로 자지 못하고 있었다.

"더는 힘들다고 합니다. 쌍방울에 이어 해태그룹까지 흔들리고 있어서 다른 은행들도 다들 몸을 사리고 있습니다."

한라그룹의 자금을 담당하는 박현준 부사장이 힘없이 답했다.

"그놈들은 그놈들이 알아서 할 문제고, 지금 당장 우리가 중요한 게 아냐. 부도를 내고 싶어서 그래? 회사가 무너지면 1순위로 잘릴 놈들은 너희야!"

정태술은 낮술을 먹은 사람처럼 벌게진 얼굴로 소리쳤다.

"내년까지 버티려면 한라에너지를 닉스홀딩스에 넘기는

것이⋯⋯."

"뭐? 넌 지금 뚫린 입이라고 막말을 하는 거야? 한라에너
지에 들어간 돈이 얼만데 넘겨!"

정태술 회장은 한라그룹 구조조정팀을 맡고 있는 이하준
구조조정실장에게 소리쳤다.

"예, 많은 자금이 들어간 것은 사실입니다. 하지만 지금
그룹의 부도를 넘기려면 이 방법밖에는 없습니다. 대산그
룹도 알짜배기인 대산정련과 대산증권을 닉스홀딩스와 대
우에 팔았습니다."

이하준 구조조정실장은 정태술의 말에도 아랑곳하지 않
고 대답했다.

이하준은 정태술의 사위이자 첫째 딸인 정가은의 남편이
었다.

"내일 당장 돈이 필요한데 지금 가서 닉스홀딩스에 사달
라고 할 거야?"

이하준의 답변에 정태술의 목소리가 조금은 작아졌다.

한라그룹보다 자금 사정이 좋은 대산그룹이 꾸준히 영업
이익을 내는 대산정련과 대산증권을 팔아넘긴 것에 놀랐
다.

"말씀은 미리 드리지 못했지만, 최악의 상황을 대비해서
닉스홀딩스와도 만났었습니다. 한라에너지를 팔기 위한 만

남은 아니었고, 저희가 시장에 내어놓은 기업들에 대해 인수 의사를 타진하기 위한 만남이었습니다."

"그래서?"

"저희 쪽에서 매물로 내어놓은 회사들은 전혀 관심을 표하지 않았습니다. 닉스홀딩스에서 인수 의사를 보인 것은 한라에너지뿐이었습니다."

이하준의 말에 정태술은 바로 대답을 하지 않았다.

"후! 3개월만 버티면 되는데… 이 실장과 김 실장만 남고 다 나가."

그리고 뭔가를 결심한 듯 회의에 참석한 나머지 인사들을 회장실에서 나가게 했다.

"정말 이 방법밖에는 없는 거야?"

정태술은 아까와는 다른 말투로 이하준에게 되물었다.

이하준은 예일대에서 경영을 공부한 인물로 정태술이 크게 신뢰하고 있었다.

"지금으로써는 이게 최선인 것 같습니다. 이대로 가다가는 은행도 망할 상황입니다."

"음, 김 실장의 생각은?"

"현금이 풍부했던 대산그룹마저 흔들릴 정도로 위태롭습니다. 9월하고는 상황이 많이 달라졌습니다. 정부에서 대책을 내어놓고는 있지만, 시장 상황을 따라가지 못하고 있습니다. 더욱이 이달 들어서 외국 투자자들의 이탈이 급속하게 늘고 있어 주식시장과 환율시장의 상황을 더욱 악화시키고 있습니다. 좋아질 기미가 전혀 보이지 않는 지금의 상황에서는 어떡하든지 현금을 확보하는 것이 최우선입니다."

"후― 우! 한라에너지에 들어산 투자금을 회수하기도 전에 매물로 내어놓아야 한다니… 얼마나 받을 수 있겠어?"

크게 한숨을 내쉰 정태술은 두 사람의 말에 포기한 듯이 말했다.

"한라에너지가 소빈뱅크에 진 부채를 부담하는 조건으로 1,700억 원입니다."

"뭐? 한라에너지에 들어간 투자금이 5천억이 넘잖아. 소빈뱅크에 빌린 돈이 얼마냐?"

이하준의 대답에 정태술의 눈이 커졌다.

"620억 원입니다."

"고작 2,300억에 넘긴다는 게 말이 돼? 주유소와 땅 가격만 해도 2천억에 가까워."

한라에너지가 사들인 주유소와 토지가 적지 않았다.

"부동산 시장이 얼어붙었습니다. 더구나 주유소 건립을 위해 사들인 토지들을 일일이 팔기에는 시간이 없습니다. 한꺼번에 사주겠다는 곳은 닉스홀딩스뿐입니다.. 더구나 닉

스정유와의 계약 위반으로 갚아야 할 4백억 원의 위약금을
닉스홀딩스에서 부담하는 조건도 포함했습니다."

한라에너지는 매해 일정량의 휘발유와 경유를 소비하기
로 계약을 했다. 소비하지 못한 만큼의 양을 현금으로 지급
해야 하는 조건이었다.

그러나 올해 닉스정유에서 공급받기로 한 1차분의 휘발
유와 경유에 대한 공급 신청를 미루고 있었다.

"아무리 그래도 이건 아니잖아."

작년과 올해 한라에너지에 투자된 자금의 절반이 날아가
는 상황이었다.

"오늘이 지나면 이마저도 할 수 없습니다. 저희가 내일
부도가 나면 한라에너지의 가격은 지금보다 훨씬 떨어질
것입니다."

"그리고 민주한국당에서 요청한 150억도 모레까지는 전
달해야 합니다."

정민당에서 나와 새롭게 창당한 민주한국당을 이끄는 한
종태에게는 돈이 필요했다.

12월에 치러지는 대선 준비와 함께 자신을 믿고 따른 의
원들에게 뭔가를 보여주기 위해서도 필요한 자금이었다.

대산그룹은 약속한 자금을 전달했지만, 한라그룹은 약속
된 날짜에서 2주를 연기했다.

"허허! 정말이지 엎친 데 덮친 격이라고 정신을 차릴 수가 없네."

정태술은 두 사람의 말에 헛웃음을 뱉으며 말했다.

답답한 표정의 정태술은 소파에서 일어나 창가 쪽으로 이동했다

먼 산을 바라보듯 창가 밖 풍경을 바라보던 정태술이 앓는 소리를 하듯 입을 열었다.

"끙! 올해는 넘겨야 하니… 최대한 더 많이 받아내 봐."

한종태가 대통령에 선출되면 모든 것이 달라질 수 있었다. 그렇기 위해서는 버티는 것이 정답이었다.

"예, 최선을 다하겠습니다."

이하준은 기다리던 대답이 나오자 고개를 숙인 후 회장실을 급하게 나갔다.

*   *   *

한라에너지는 주유소에서 기름을 팔기도 전에 닉스홀딩스에 넘어갔다.

"한라에너지를 1,650억 원에 인수했습니다. 막판까지 몰려서 그런지 저희가 요구한 상황을 다 수용했습니다."

김동진 비서실장의 보고였다.

한라그룹 이하준 구조조정실장이 정태술 회장에게 보고했던 금액보다 50억 원을 낮춘 금액이었다.

"잘하셨습니다. 실사는 이미 끝났으니, 인수 절차가 마무리되는 대로 주유소 공사를 재개하십시오."

한라에너지가 자금난에 빠지자 계획했던 주유소 공사들이 중단되었다.

"예, 닉스E&C에서 곧바로 진행할 예정입니다."

닉스홀딩스는 이번 한라에너지 인수를 통해 자연스럽게 주유소 사업에 진출하게 된 것이다.

이미 도시가스 사업을 진행하고 있는 닉스에너지에 주유소 사업은 또 다른 축이 되는 사업이었다.

"한라에너지로 인해 정태술 회장의 심기가 아주 불편했겠습니다?"

"예, 들은 이야기로는 막판까지 한라에너지를 내어놓지 않으려고 안간힘을 썼다고 합니다."

"하긴 한라그룹이 한라에너지를 통해서 새로운 도약을 하려고 했으니까요. 우연인지는 모르겠지만 대산그룹도 그렇고, 희망을 품게 했던 에너지 사업이 오히려 두 그룹에 심각한 타격을 주었습니다."

큰돈이 될 것으로 예상했던 대산에너지와 한라에너지 모두 모기업 대산과 한라에 유동성 위기를 가져오게 한 요인이 된 것이다.

더구나 매물로 내어놓은 대산에너지는 아직도 주인을 찾지 못한 채 표류하고 있었다.

＊　　＊　　＊

제2의 블랙 먼데이!

10년 전인 1987년 10월 19일 월요일에 미국 주가가 대폭락하면서 세계 증시에 한파를 몰고 온 사건을 블랙 먼데이라고 불렀다.

다시는 오지 않길 바라던 폭락이 10년 후 같은 달, 같은 요일에 다시금 시장에 들이닥쳤다.

10월 27일 월요일 오전 장은 평소와 크게 다르지 않았다.

하지만 점심시간이 지나면서부터 대량의 매도 주문이 쏟아져 들어왔다.

"아! 200포인트나 빠졌어!"

뉴욕의 증권거래소의 전광판을 바라보고 있던 주식 중개인은 두 손으로 얼굴을 감싸며 소리쳤다.

200포인트는 순간이었다.

오후 2시가 넘어 300포인트 아래로 떨어지는 순간 여기저기서 탄식과 함께 사방에서 고함이 터져 나왔다.

"바로 던져!"

전화기를 들고 있던 한 주식 중개인이 동료에게 소리를 질렀다.

2시 35분이 되자 다우지수는 회복하지 못한 채 50포인트가 더 떨어졌고, 즉각적으로 30분간 거래 중지에 들어갔다.

홍콩을 공략하던 월가의 펀드와 투기자들이 거꾸로 미국 주식을 투매했고, 소액 투자자들은 군중심리에 휘말리면서 투매에 동참한 것이다.

30분간의 거래 중지는 효과를 발휘하지 못했다.

오히려 투매 현상은 더욱 늘어났다.

투자자들은 처음 경험하는 거래 중지로 안정을 되찾기는 커녕 정신적인 공황상태에 빠져 주식을 더욱 내던졌다.

"빨리 매도해!"

주식 중개인들의 매도를 외치는 소리가 증권거래소에 메아리쳤다.

고객들에게 걸려오는 전화마다 매도를 요구하고 있었다.

기관투자의 프로그램 매도 주문도 하락폭을 더욱 부채질했다.

폭락의 공포는 순식간에 미국의 주식시장을 잠식했다.

거래 재개가 5분도 되지 않아서 지수가 550포인트까지 빠지자 다시금 1시간 거래 중지가 선포되었고, 이에 따라

이날 장은 자동으로 마감되었다.

뉴욕 증시의 거래 중단 제도인 서킷브레이커의 규정은 50, 100, 350, 550포인트로 나누어져 있었다.

최종적인 하락폭은 554.26포인트였고 7.18%의 하락을 일으켰다.

지수상으로는 최대였고, 낙폭으로는 10년 전 블랙 먼데이 이후 두 번째였다.

1987년 10월 19일의 블랙 먼데이는 508포인트가 빠졌고 하락률은 22.6%였다.

올해 들어 가파른 상승세를 나타내고 있던 뉴욕 증시의 폭락 여파가 전 세계 증시 폭락으로 이어질 수 있다는 두려움이 퍼져 나갔다.

*   *   *

홍콩에서 오히려 수십억 달러의 손해를 본 헤지펀드와 뮤추얼펀드 등의 환투기 세력은 뉴욕 증시의 폭락으로 또 한 번의 타격을 입었다.

"홍콩에서 퀀텀펀드와 타이거펀드 등이 10억 달러를 날린 것 같습니다. 동남아시아에서 벌어들인 돈의 절반이 날아간 꼴입니다. 홍콩과 미국 증시의 폭락이 연합군으로 참여한 뮤추얼펀드에 상당한 타격을 주어……."

서울 지점의 그레고리가 뉴욕과 런던 지점에서 들어온 보고를 하고 있었다.

"저희가 예측했었던 하락 지수대로 주가가 움직였습니다. 이로 인해 다우지수와 S&P지수에 걸었던 옵션계약 청산에 따른 이익금은 모두 35억 7천만 달러에 이르렀습니다."

35억 7천만 달러라는 막대한 이익금이 단 하루 만에 발생했다.

런던과 뉴욕 지점 투자 금액의 4배가 넘어서는 대박이 발생한 것이다.

"예상했던 것보다 더 많은 이익금이군."

"예, 런던에서 투자 금액을 더 늘렸습니다. 유럽의 증시와 도쿄, 그리고 홍콩 증시에서도 상당한 이익금이 발생할 것으로 예상됩니다."

뉴욕 증시의 폭락 여파는 시차를 두고 전 세계로 퍼져 나갈 것이다.

소빈뱅크는 각 나라 증시의 하락에 따른 지수선물옵션 계약에 상당한 자금을 투자했다.

"놈들이 이를 갈고 있겠군. 우리가 헤지펀드의 이익을 고스란히 가져왔으니 말이야."

"예, 홍콩에서 벌어들인 7억 달러의 이익금 중 5억 달러는 헤지펀드 쪽에서 나온 것입니다. 하지만 이젠 홍콩의 손해를 만회하기 위해서 헤지펀드들이 한국을 공략하고 있습니다. 신물지수 하락과 함께 외수펀드에서 핵심 블루칩 급 매물이 쏟아지고 있어 수기지수 폭락의 결정적인 요인으로 작용하고 있습니다."

외수펀드는 외국인 전용 수익증권이다.

지난주 5일 동안 560억 원의 매도 주문이 외수펀드에서 일어났다.

주가가 폭락한 24~25일 양일간 255억 원의 매도 주문이 발생해 SK텔레콤과 삼성전자 등 통신주와 반도체 관련 주들이 일제히 하한가로 떨어지는 일이 발생했다.

이러한 증시 급락이 계속되자 이제는 담보 유지를 하지 못하는 신용 반대 매물까지 쏟아져 나와 주가 하락을 더욱 부채질하고 있었다.

현재 주가는 사흘간 74포인트가 하락한 530선을 간신히 유지하고 있었고, 하한가 종목이 212개나 되었다.

상장사협의회는 전경련 회장단에 재벌그룹 계열사들이 증시 안정을 위해 자사주 매입에 적극적으로 나서줄 것을 긴급 요청하기까지 했다.

문제는 뉴욕 증시의 하락 여파가 곧 한국 증시를 삼킬 예정이라는 것이다.

"음, 증시도 문제지만 환율이 큰 문제가 되겠지."

"예, 한국 대기업의 경제연구소들은 환율이 9백 원대를 유지할 것으로 보고 있습니다. 하지만 회장님께서 아시는 바와 같이 저희는 올해 말 2천 원을 돌파할 것으로 보고 있습니다."

현재 원화는 달러당 930원까지 올랐다.

하지만 대우와 LG, 그리고 선경 등의 대기업에서는 내년 환율 전망을 915~942원 사이로 보고 있었다.

더구나 언론과 정부 관계자들은 아직도 한국의 경제 여건을 긍정적으로 표현하며 동남아와 홍콩발 금융 위기가 한국에 나타날 가능성이 희박하다는 말을 하고 있었다.

"채권 쪽의 외국인 투자는 어떻지?"

"외국인이 한국에 투자한 1,520억 정도의 채권 투자액에서 5일간 2백억 원어치의 채권을 팔았습니다. 한국의 채권 시장은 아직 외국인에게 개방되지 않은 부분이 있어 무보증 CB에 투자만 이루어지고 있었습니다. 투자금의 유출은……."

주식시장과 비교하면 외국인의 채권투자는 크지 않았지만, 안정적인 채권투자 자금의 회수는 시장에서 받아들이는 느낌이 남달랐다.

외국인의 채권투자 자금의 회수는 대기업의 잇따른 부도 여파와 한국의 국가 신용도, 기업의 신용도가 모두 하락한 상황에서 환율 불안까지 겹쳐 투자 여건이 악화되었기 때문이다.

무보증 CB는 제삼자의 보증이나 물적 담보 없이 순수하게 발행 회사의 신용으로 발행하는 전환사채를 말한다.

"현재 채권시장도 크게 위축되어 3년 만기 은행 보증 회사채 유통 수익률이 12.80%로 지난주보다 0.24포인트나 올랐습니다. 기업 CP(어음)도 A급 CP 기준으로 0.28포인트 상승한 14.29%입니다."

문제는 금융기관의 보증 및 회사채 매입을 꺼리고 있어 미발행되는 회사채 비율이 40%가 넘어서고 있다는 것이다.

"기업들의 돈줄이 마른 상황에서 회사채 발생도 쉽지 않겠지. 아마도 다음 달이면 회사채 금리가 20%대로 상승할 거야."

"예, 문제는 특A급 회사채로 분류되는 삼성, 현대, LG 등의 회사채도 발행이 쉽지 않은 상황입니다. 대우와 롯데, 대산 등은 회사채 등급이 낮아진 상태입니다."

자금 사정이 좋지 않은 기업들과 부도 소문에 휩싸인 회사들은 회사채나 기업어음(CP)을 발행할 수 없을 정도였다.

한계 기업으로 찍힌 기업들은 20%가 넘어가는 이자를 준다고 해도 매입하는 금융기관이나 투자자가 나오지 않았다.

"역외선물환시장의 상황은?"

"이미 6개월짜리와 3개월짜리 원·달러 선물환 모두 1천 원을 돌파했습니다. 27일에는 2개월물도 천 원을 돌파했습니다. 여기에 국내 일부 대기업과 금융기관들도 뛰어들어 투기적인 거래를 하고 있습니다."

6개월물은 1,240원에, 3개월물은 1,160원에, 2개월물은 1,050원에 거래되었다.

NDF 시장은 국내 투자 외국 금융기관들이 환율 변동에 따른 위험을 회피하는 거래를 하거나 환투기 세력들이 원화 투기를 하는 시장이다.

싱가포르와 홍콩의 역외선물환(NDF)시장에서 향후 원화가치 하락을 예상해 미국 달러화에 대한 원화 환율이 천정부지로 치솟고 있었다.

NDF는 최소 500만 달러를 단위로 거래되며, 1개월물에서 5년물까지 10개의 상품을 대상으로 한다.

"자신들의 목을 더욱 조일 수 있는 일인데도 작은 이익 때문에 달러를 내다 파는군."

NDF 시장과 국내 원화 시장의 환율 차이가 커지자, 외국

은행들은 본점과 지점 간의 계정을 통해 국내 선물환시장에서 달러를 사고 NDF 시장에서 달러를 파는 방법으로 환차익을 얻고 있었다.

국내 기업들과 은행들은 해외 현지 법인들을 통해서 NDF 시장을 이용했다.

지금의 제도로는 이러한 편법적인 거래를 막을 방법이 없었다.

역외선물환거래는 일반적인 선물환 거래처럼 큰 금액을 주고받을 필요 없이 계약환율(선물환율)과 현물환율의 차이(차액)만을 서로 간에 결제한다.

"거래대금도 헤지펀드의 참여로 6억 달러까지 늘어났습니다."

NDF 시장의 하루 평균 원화선물환 거래 규모는 1~2억 달러 내외였지만, 최근 원·달러 환율이 급격히 상승하자 6억 달러 이상 거래되고 있었다.

서울 외환시장의 현물 거래량이 10억 달러 내외인 것을 고려하면 국내시장의 절반이 넘는 큰 규모로 커졌다.

소빈뱅크는 내 지시로 NDF 시장에 참여하지 않고 있었다.

"금액도 문제지만 국내 외환시장에 심리적으로 큰 영향을 주겠군."

"예, 어찌 보면 역외선물환의 환율이 원·달러 환율에 대한 예상을 반영하는 지표라고 볼 수 있습니다."

국내 외환시장은 오전 9시부터 오후 3시까지 운영되고 이후에는 다른 나라의 외환시장에서 형성된 환율이 국내 환율에 영향을 미치게 되기 때문이다.

"이것도 우리가 예상했던 과정이겠지만 금융당국이 NDF 시장을 가볍게 본 것이 큰 패착이야."

"이런 말씀을 드려서 그렇지만 그동안의 과정과 대응을 볼 때 한국의 경제를 담당하는 인물들 대다수의 능력이 무척 떨어지는 것 같습니다."

그레고리는 한국인인 나를 생각해서 조심스럽게 말을 했다.

"이러한 경험을 하지 못한 것이 이유라면 이유겠지만 그렇다고 해도 문제점이 너무나 많아. 하필 이 위기가 권력의 누수가 발생하는 정권 말기에 일어난 것도 문제를 키우게 된 거야."

그레고리의 말처럼 변명할 수 없는 비정상적인 대응이 곳곳에서 일어났다.

정부 부처 간에 손발이 맞지 않았고 책임을 지지 않으려는 정부 관료와 공무원의 복지부동도 한몫 거들었다.

거기에 국제금융의 변화와 환투기 세력의 무서움을 기업

들은 너무 안일하게 보았다.

*   *   *

외환시장이 개장되자마자 환율이 940원을 넘어 순식간에 950원을 돌파하면서 하루 변동 제한폭까지 치솟자 시장은 공황 상태에 빠져들었다.

외환당국은 오전에 시장 개입에 나섰다가 허무하게 달러를 허비한 채 무의미하게 철수했다.

기업들은 환율 상승에 불안을 느낀 나머지 수입 결제는 최대한 빨리하고 수출 네고(Nego)는 될 수 있는 대로 늦추고 있어 시장에서의 달러 수요 초과 현상을 부채질하고 있었다.

네고는 수출 선적 서류 매입자 또는 수출업자가 신용장과 수출 환어음 등의 선적 서류를 은행에 제시하고 수출 대금을 회수하여 경영 자금을 확보하는 절차다.

한편으로 외국계 자금을 끌어들이기 위해 다음 달 3일로 예정된 외국인 주식투자 한도 확대 조치에도 불구하고 자금은 들어오지 않았고, 오히려 외국인들은 주식을 팔아 한국 시장을 떠나고 있었다.

미국에 일어난 블랙 먼데이와 세계 증시 하락의 여파로 한국의 주식시장은 개장하사마자 무차별 투매가 벌어져 마지노선으로 보았던 500선이 붕괴되었다.

상승 종목은 27개뿐이었고, 하락 860 종목에 하한가만 592개가 나왔다.

"하한가에도 좋으니까 팔아달라고!"

고함과 고성이 사방에서 들려왔다.

"삼성과 현대는 절대 떨어지지 않는다고 추천해서 투자했잖아. 어서 빨리 다 팔아줘요. 이거 우리 딸 시집갈 밑천이야!"

한 아주머니는 뒤늦게 소식을 듣고 증권사로 달려와 울면서 소리쳤다.

증권사 객장마다 하한가에도 상관없이 무조건 주식을 팔아달라는 주문이 빗발치고 있었다.

쉴 새 없이 걸려오는 전화와 증권사 객장에 나온 사람들이 매도 요청에 증권사 직원들도 패닉에 빠졌다.

주식시장이 살아날 것이라고 말해왔던 증권 전문가들은 이제 주가 하락의 바닥이 어디가 될 것인지 자신 있게 말하는 사람이 없었다.

증권가는 조심스럽게 종합지수 450을 지지선으로 보았지만, 외국인 투자자와 금융기관들은 400선은 물론이고 300선 아래까지 보고 있었다.

Chapter 3

미국발 블랙 먼데이의 습격이 있던 날, 환율 방어를 위해 한국은행은 30억 달러의 외환 보유액을 사용했다.

한국은행이 보유 외환을 풀어 원화 방어에 나섰다는 정보는 곧바로 국제 금융계에 알려졌다.

그러자 1년 앞을 내다보고 거래되는 국제 선물환시장에서 원화는 급속하게 절하되어 거래되었다.

양재동에 자리 잡고 있는 미래테크라는 벤처기업에 일단의 사람들이 들이닥쳤다.

미래테크는 올 초 코스닥 상장한 유망 벤처기업이었다.

일본과 독일에서 주로 생산되는 CNC 컨트롤러와 산업용 컨트롤러를 개발하여 생산하는 벤처기업으로 언론에도 여러 번 소개된 기업이었나.

"사장 나오라고 해!"

"지금 주가가 얼만지나 알아?"

남녀가 섞인 십여 명의 사람들은 사무실에 들어서자마자 고함을 질렀다.

이들은 미래테크가 상장될 때 공모가인 7만 원에 주식을 산 사람들로 많게는 10억 원을 투자한 사람도 있었다.

"어떻게 이럴 수 있습니까? 6개월 뒤면 10만 원이 된다고 했잖습니까?"

퇴직금 2억 5천만 원을 모두 미래테크에 투자한 중학교 교장 선생님 출신의 남자는 검은 뿔테안경 뒤로 붉어진 눈에서 당장에라도 눈물을 쏟아낼 것만 같았다.

현재 미래테크의 가격은 공모가격에서 한참 모자란 5,400원으로 액면가인 5천 원에 가까워져 있었다.

다음 주가 되면 액면가 아래로 떨어질 수도 있는 상황이었다.

"진정들 하십시오. 여기서 이런다고 떨어진 주가가 올라가지 않습니다. 회사는 전화로 설명해 드린 대로 계속 성장하고 있습니다, 조금만 기다려 주시면……."

"당신 누구야? 사장 나오라고 해! 분명히 10월 말이면 10만 원이 된다고 했어? 안 했어? 여기 온 모든 사람들이 다 들은 이야기야!"

"맞아요. 회사에 전화를 걸면 곧 올라갈 거라고 걱정하지 말라고 해서 팔지도 못했잖아요."

"7만 원에 샀는데 어떻게 팔 수 있겠어요."

회사 관계자가 진정을 시키려고 했지만 성난 사람들에게는 오히려 역효과가 났다.

미래테크는 7만 원에 상장된 4월 이후 2주간 상승하여 8만 5천 원까지 올라가다가 곧바로 7만 원대로 다시 주저앉았다.

그 이후로는 계속해서 주가가 빠졌고, 이달 들어서 하한가를 5일 연속해서 맞은 후 5천 원대까지 떨어졌다.

그때 뒤쪽으로 보이는 사장실의 문이 열렸다.

"정 부장! 다들 회의실로 모셔. 최 이사도 들어오고."

미래테크의 박홍수 사장이 사람들을 진정시키려고 노력하는 총무부 직원들에게 말했다.

"다들 저쪽으로 들어가시죠."

총무부의 정상택 부장이 회의실이 있는 곳을 가리키며 말했다.

"해결책을 내어놓지 않으면 절대 그냥 가지 않을 거예요."

성난 사람들은 정상택 부장의 말에 회의실로 발걸음을 옮겼다.

미래테크에서 벌어진 일들이 곳곳에서 벌어지고 있었다.

*   *   *

기업들에 이어 종합금융사(종금사)들의 위기가 찾아왔다.

종금사들에게 자금을 빌려주었던 해외 은행들이 무차별적으로 자금을 회수하기 시작했기 때문이다.

종금사들이 해외 은행들에서 싼 이자로 빌린 자금으로 투자했던 러시아와 남미 국가들의 고금리 해외채권들을 헐값에 매각해도 갚아야 할 돈에는 한참 부족했다.

여기에 동남아에 투자했던 자금이 회수되지 않고 채권마저 매각되지 않자 위기는 더욱 가중되었다.

10월 말 현재 종금사들의 대외부채는 모두 200억 달러에 달했고, 65%인 129억 달러는 단기 외채였다.

종금사의 달러 부족이 심각해지자 정부는 시중은행으로 하여금 달러 공급을 하라고 지시했지만, 시중은행들도 자기 살기에 바빴다.

국제 은행들이 한국에 빌려준 단기 자금을 일거에 회수

하는 상황이었기에 기업들은 물론 한국에 축적된 외국 돈의 씨가 마르기 시작했기 때문이다.

이에 따라 한국은행은 비상시를 대비했던 달러를 시중에 풀기 시작했다.

더구나 하루에 수억 달러를 소모하면서 환율까지 잡아야하는 상황까지 겹치자 급속하게 외환 보유고가 줄어들었다.

민주한국당이 위치한 여의도 당사에 대산그룹의 이대수 회장과 한라그룹의 정태술 회장, 대용그룹의 한문종 회장, 보영그룹의 김상춘 회장 등 여러 기업인이 방문했다.

민주한국당의 당 대표이자 15대 대선 후보로 나서는 한종태와 재계와의 긴급 간담 회의에 참석하기 위해서였다.

이 자리에는 한종태를 지지하는 기업 대표들이 모여들었다.

"이러다가 IMF에게 손을 내밀어야 하는 것이 아닌지 모르겠습니다."

이대수 회장이 심각한 표정으로 말했다.

"저도 정부를 믿고 싶지만 지금 돌아가는 꼴을 보니까 동남아와 다를 것이 전혀 없습니다. 주식은 5백 선이 무너졌고, 기업에 필요한 달러는 부족한데 구할 곳이 없습니다."

대용그룹의 한문종 회장 또한 답답한 심정을 토로했다.

대용그룹은 계열사와 자산을 시장에 내다 팔며 하루하루 간신히 버티고 있었다.

한종태가 힘을 써 한일은행에서 1천억 원의 긴급자금을 수혈했지만 돌아오는 어음을 막기에도 태부족이었다.

"제가 정민당을 나오자 정부 인사들이 속 시원하게 이야기를 해주지 않고 있습니다. 아마도 청와대에서 언질이 있었던 것 같습니다. 그래도 전해 들은 말로는 어려움은 있겠지만, IMF 구제금융까지는 가지 않을 것으로 전망하고 있습니다."

한종태는 함께한 기업인들에게 자신이 정부 관계자에게서 전해 들은 말을 해주었다.

"그렇다고는 하지만 시장에서 느끼는 것은 정부 관계자의 말과는 전혀 다릅니다. 은행들이 말로는 자금을 융통해준다고는 하지만 회사채와 CD도 발생하기 힘든 상황입니다. 이번 10월은 어떻게 버티어냈다고는 해도 11월을 장담하기가 힘든 실정입니다. 몸으로 체감하는 자금 지원이 있어야 합니다."

한라그룹의 정태술 회장이 강한 어조로 말했다.

그는 며칠 전 한라에너지를 닉스홀딩스에게 판 대금 중 150억 원을 대선 자금으로 한종태에게 전달했다.

"내년까지 버틸 수 있는 여건이 되는 기업들은 괜찮겠지만, 저희도 올해를 넘길 수 있을까 하는 걱정이 듭니다."

보닝그룹의 김상춘 회장도 어두운 표정으로 말을 보탰다. 보영그룹은 작년 말과 올해 초까지 8건의 인수합병을 진행했고, 그 덕분에 25위까지 재계 서열이 급상승했다.

하지만 그 여파로 인해 자금 경색이 심각해졌고, 지금은 사들였던 기업들뿐만 아니라 기존에 가지고 있던 계열사까지 매각하고 있었다.

"음, 제가 말씀드릴 수 있는 것은 어떡하든지 내년 2월까지 버티시라는 것입니다. 물론 그전에 제가 대통령에 당선되어야 합니다. 지금 여러분이 겪고 있는 어려움과 손해를 충분히 만회할 수 있게끔 해드리겠습니다. 지금 당장 정부를 공격해 봤자 선거에 도움이 되지 않기 때문에……."

15대 대통령 당선인이 공식적으로 일할 수 있는 것은 취임하고 난 후다.

그전에 일을 진행하면 문젯거리가 될 소지가 많았고 현 정부와 충돌할 수도 있었다.

정민당을 탈당하여 민주한국당을 창당하자마자 한종태는 정부의 경제 실책을 연일 공격했지만, 오히려 여론은 좋지 않은 쪽으로 형성되었다.

정부 여당인 정민당이나 그곳에서 나온 민주한국당이나

다를 게 없다는 여론의 질타가 있었다.

"제가 몇몇 은행들에게 최대한 이야기를 해놓았습니다. 이제 정말 얼마 남지 않았습니다. 여러분의 마지막 도움이 필요한 시기입니다. 제가 첫 번째로 진행할 일은 여러분에게 늘 말해왔던 것처럼 기업 환경에 걸림돌이 되는 모든 규제를 과감하게 풀어버릴 것입니다. 물론 여기 계신 분들에게 정부의 자금 지원도 최우선으로 진행할 것입니다."

현재 한종태는 새정치국민당의 대선 후보인 김대중 당대표와 비슷한 지지율을 나타내고 있었다.

올 초 많게는 김대중 대통령 후보보다 20%까지 앞서 나가던 한종태의 지지율이 선거가 가까울수록 하락하고 있었다.

지금은 어떡하든지 떨어진 지지율을 올리는 것이 목적이었다.

한종태의 이야기에 참석한 기업들은 고개를 끄떡일 뿐이었다.

지금껏 한종태를 믿고 따라온 마당에 그가 대통령이 되어야만 그의 말처럼 모든 문제가 풀릴 수 있었다.

오늘 참석한 기업들 모두 한종태와 미르재단의 덕을 본 기업들이었기에 그를 끝까지 지원하는 것이 최상이었다.

기업인들이 모두 돌아간 자리에 대산그룹의 이대수 회장만이 남아 한종태와 독대하며 이야기를 나누었다.

"강태수 회장에게 제의는 하셨습니까?"

"예, 충분히 이해할 수 있게 이야기를 전달했습니다. 이 회장님의 말씀처럼 떨어진 지지율을 올리려면 젊고 유능한 인재를 전면에 내세우는 것도 나쁘지 않은 생각입니다. 한데 제 제의를 강태수가 받아들일지 확신이 서지 않네요."

닉스홀딩스의 강태수 회장에게 경제부총리 자리에 대한 아이디어를 제공했던 이는 대산그룹의 이대수 회장이었다.

"강태수 회장을 끌어들이면 대선의 승리는 확실히 보장할 수 있을 것입니다. 더욱이 그가 가지고 있는 능력을 활용하면 지금의 겪고 있는 경제적인 어려움도 극복해 낼 수 있습니다."

"이 회장님은 강태수 회장의 능력을 높이 평가하시는 것 같습니다?"

"예, 제가 사람을 보는 안목이 부족하긴 하지만 지금까지 경영자로 그만한 인물이 이 나라에서 나온 적이 없습니다. 아니, 일본과 미국 등 세계를 둘러봐도 지금의 나이에 닉스홀딩스라는 대기업을 일군 강태수 회장과 비교할 인물을 찾기가 무척 힘이 듭니다. 기업 경영에서는 정말 누구도 따를 수 없는 안목과 혜안을 가지고 있습니다."

"하긴 저도 이 회장님께서 보내주신 자료를 검토하고는 깜짝 놀랐습니다. 물려받은 자산도 없이 일으킨 기업인 줄은 저도 몰랐으니까요. 한데 미르재단의 제의마저 거절한 친구가 우리와 함께하겠습니까?"

자신의 제의에 대해 아직까지 강태수는 이렇다 할 대답이 없었다.

"어떡하든지 함께하게 만들어야지요. 저도 조만간 만나볼 생각입니다. 강태수는 부동층을 끌어들일 수 있는 확실한 열쇠입니다."

"하하하! 이제 이 회장님께서도 정치인이 다 되셨습니다. 선거 전략까지 챙겨주시니 말입니다."

한종태는 이대수 회장의 말에 기분 좋은 웃음을 뱉어냈다.

"아까는 말을 하기가 그랬지만 한국이 조만간 IMF 구제금융을 받을 것이라는 소문이 미국 월가와 영국의 금융가에 퍼졌다고 합니다. 그 소문 때문인지 일본의 자금 이탈도 심상치가 않고요."

"후! 저도 들었습니다. 아직은 한국은행에 3백억 달러가 있다고는 하지만 그게 제 눈에도 많아 보이지 않습니다."

이달 말 한국은행은 304억 달러의 자금을 확보하고 있다고 말했었다.

"지금의 경제 위기에 흔들리지 않는 국내 기업은 유일하게 닉스홀딩스뿐입니다. 이건 강태수 회장의 능력이 얼마나 대단한지를 보여주는 한 단면입니다."

재계 순위 1~2위를 다투던 현대와 삼성을 비롯한 내로라하는 대기업들이 어느 하나 할 것 없이 심각한 상황을 맞이하고 있었다.

"음, 말씀을 듣고 보니 강태수가 필요하다는 생각이 듭니다. 저도 다시 한번 자리를 만들어 확답을 받겠습니다."

"예, 꼭 그렇게 하십시오. 저도 최선을 다해 돕겠습니다."

"이 회장님 같은 분이 한 명만 더 있어도 걱정이 없을 것입니다. 다들 욕심만 채울 뿐 진정으로 제 생각을 하는 분은 이 회장님뿐입니다."

"하하! 저희가 남이 아니지 않습니까?"

"하하하! 하긴 이번 대선을 끝나고 나면 중호와 수연이의 약혼식이라도 올려야겠습니다."

이대수 회장의 아들인 이중호와 한종태 당 대표의 딸인 한수연이 사귀고 있는 것도 두 사람을 더욱 가깝게 하는 요인이었다.

이대수 회장은 한종태의 대선 승리와 한국 경제의 위기를 극복할 인물은 강태수밖에 없다는 생각이 확고했다.

그만큼 강태수에 대한 조사를 치밀하게 해온 곳이 대산 그룹이었다.

*　　　　*　　　　*

비밀리에 새정치국민당의 대선 후보인 김대중 당 대표를 만났다.

이 만남은 내가 요구한 것이 아닌 김대중 대선 후보가 강력하게 만남을 요청해서 이루어진 일이었다.

외부의 눈길을 피해 비밀리에 닉스홀딩스가 소유한 닉스 태평빌딩에서 만남을 가졌다.

빌딩 안에는 제3국에 원조를 담당하는 국제아동구호단체가 입주해 있었고, 김대중 대선 후보는 공식적으로 구호단체를 방문하는 것으로 되어 있었다.

오늘은 그를 수행하는 인물들도 평소와 달리 최소한으로 국한했다.

"하하하! 제가 꼭 한번 만나고 싶었습니다."

김대중 대선 후보는 나를 보자마자 환한 웃음으로 악수를 청했다.

"저 또한 만나뵙고 싶었습니다."

나는 김대중 대선 후보가 내민 손을 잡으며 말했다.

"하하! 우리가 범죄인도 아닌데 이렇게 만날 수밖에 없는 것이 좀 그렇습니다."

만남의 요정이 들어오자 공식적인 자리를 피해 비공식적인 만남을 요구한 것은 나였다.

"예, 보는 눈이 많아서 그랬습니다. 시전에 말씀드린 것처럼 공식 선거운동이 얼마 남지 않은 상황이라 대신 후보이신 김 대표님과 기업인인 저와의 만남을 왜곡해서 보는 사람들이 적지 않아서 그렇습니다."

"하긴, 순수한 만남도 색안경을 끼고 보면 달라 보이지요. 저쪽에서는 노골적으로 기업인들과 접촉을 하는데 저는 이렇게 늘 조심스럽게 만나야 하네요. 하하하!"

민주한국당의 한종태 당 대표는 김대중 대선 후보의 말처럼 그를 지지하는 기업의 대표들을 만나 지원을 요청했다.

하지만 김대중 후보가 기업인을 만나면 좋지 않은 쪽으로 언론에 기사가 났다.

"김 대표님을 두려워하는 사람들이 많아서 그렇습니다."

현 정부의 관계자와 미르재단, 그리고 재단과 연관된 인물들은 김대중 대선 후보가 대통령이 되는 걸 원치 않았다.

대한민국의 기득권을 가진 이들은 큰 변화를 원치 않았고, 김대중 대선 후보가 대통령이 되면 자신들의 의중대로 움직이지 못하리라는 것을 알고 있었기 때문이다.

"그런가요?"

"예, 이 나라의 민주화와 정의를 위해서 자신의 목숨을 내어놓을 수 있는 사람은 그리 많지 않습니다. 더구나 흑천에 의해서 목숨을 위협받은 사람도 말입니다."

나의 말에 김대중 대선 후보의 두 눈이 크게 커졌다.

"강 회장님도 흑천에 대해 알고 계셨습니까?"

심각한 표정의 김대중 후보는 앞과는 다른 목소리로 내게 물었다.

"예, 아주 잘 알고 있습니다. 흑천의 인물이 김 대표님께 여러 건의 테러를 저지르지 않았습니까?"

흑천은 해방 후부터 권력가들과 결탁해 이 나라를 위해 헌신한 독립투사와 민주 인사들에게 테러를 자행해 왔다.

김대중 대선 후보는 흑천의 테러를 당한 인물 중 하나였고, 하늘의 도움인지 몇 건의 테러에서 운 좋게 살아남았다.

그는 테러의 후유증으로 오른쪽 다리를 절었다.

"저도 흑천이라는 곳이 있는지 없는지 알 수는 없었지만, 저를 위기에서 도와주었던 인물에게서 흑천이라는 말을 듣게 되었습니다. 이들이 정말 실재합니까?"

김대중 대선 후보는 죽음의 고비를 여러 번 넘기는 과정에서 흑천의 존재를 어렴풋이 알게 되었다.

그를 위기에서 우연히 도와준 사람은 백야의 인물이었다.

이 나라의 독립투사와 민주 인사들을 암살해 온 흑천의 존재는 늘 신기루처럼 미지의 존재였다.

철저하게 자신들을 감추는 것은 물론 암살의 증거를 조력자들의 도움을 통해서 없애왔다.

"예, 물론입니다. 지금도 보이지 않는 곳에서 이 나라를 그들이 원하는 방향으로 이끌기 위해 움직이고 있습니다. 김 대표님께서 절 보자고 하실 때 이런 곳에서 만날 수밖에 없는 것도 그들의 시선 때문입니다. 제가 조사한 바로는 그들을 돕는 세력 중에는 국가안전기획부에 속한 인물들도 포함되어 있습니다."

대통령 선거가 코앞으로 닥치자 국내 정보기관들이 움직이기 시작했다.

국가안전기획부는 물론이고 국군기무사령부도 대선 후보들의 움직임과 동선을 체크했다.

더구나 대선 후보들이 만나고 다니는 인물들의 동향이 한종태에게 보고되는 정황이 국내 정보팀에 포착되었다.

"허허! 한데 이런 사실을 강 회장님께서는 어떻게 알고 계시는 것입니까?"

믿기 힘든 이야기를 들은 김대중 대선 후보는 의심이 가득한 눈으로 나를 보며 말했다.

"지금은 밝힐 수 없지만 제게 도움을 주고 있는 사람들이 있습니다. 그리고 저 또한 김 대표님처럼 그들에게서 목숨을 잃을 뻔한 상황을 여러 번 맞이했었습니다."

내 말에 김대중 대선 후보의 눈이 커지는 것이 보였다.

"음, 그런 사실이 있었군요. 사실 오늘 제가 강 회장님을 뵙고자 한 이유는 이 나라의 경제가 파탄에 빠져들고 있는 지금의 상황을 어떻게 하면 극복해 낼 수 있는지 고견을 듣기 위해서였습니다. 한데, 지금 제게 더욱 심각한 이야기를 들려주셨네요."

말을 하는 김대중 대선 후보의 표정이 어두워졌다.

나의 말을 진심으로 믿는 것인지는 모르겠지만, 처음 이야기를 꺼낼 때와는 많이 달라 보였다.

"제가 지금 말씀드리는 것을 믿으실지는 모르겠지만 김 대표님 주변의 인물들도 한 번쯤은 의심해야 하실 것입니다. 그리고 지금 제가 보여 드리는 사진과 자료들은 절대 다른 사람에게 말씀하시면 안 되는 것들입니다. 지금까지 이 나라에서 벌어졌었던 어처구니없는 일들과 향후 이 나라를 영구적으로 지배하려는 인물들이 벌이고 있는 계획이 이 자료에……."

나는 내가 가져온 가방에서 지금까지 조사하고 입수한 흑천과 미르재단에 대한 자료들과 사진을 꺼내놓았다.

　김대중 대선 후보는 천천히 내가 내민 자료와 사진들을 살피기 시작했다.

　자료를 하나둘 볼 때마다 그의 미간이 더욱 좁혀지고 힘겨운 탄식이 터져 나왔다.

Chapter 4

　"현재 한종태 후보와 김대중 후보 모두 당선을 가늠하기 힘들 정도로 박빙의 구도를 만들어가고 있습니다. 실제 투표가 이루어져도 1~2%의 표차로 당선이 갈릴 것 같습니다."

　국내 2실을 맡고 있는 박승규 실장은 선거 동향을 국가안전기획부 서범준 제2차장에게 보고했다.

　서범준 2차장은 대공정책실 실장과 국내 담당 차장을 겸임하고 있는 안기부의 실세였다.

　국내를 담당하는 부서는 1실과 2실로 나누어져 있고, 국내 정보 수집을 담당하는 곳은 2실이었다.

"음, 1~2%의 차이라면 우리가 쉽게 작업할 수 있잖아. 김대중은 지금 어디에 있나?"

서범준 차장의 지시로 김대중 새정치국민당 내선 후보를 낙선시키기 위해 2실이 중심이 된 낙선대책팀이 가동되고 있었다.

"현재 닉스태평빌딩에 자리 잡고 있는 국제아동구호센터를 방문해 관계자들과 이야기를 나누고 있습니다."

닉스태평빌딩은 중구 태평로에 있었다.

"후후! 한가한 사람이군. 표가 나올 만한 곳을 방문해도 대선에 이길까 말까 한 상황에 구호센터라니."

"언론에 노출되기 위한 계획된 행보입니다."

대선 후보들은 저마다 TV 방송과 신문에 더 많이 오르내리기 위해 동분서주했다.

"요즘 특별하게 만나는 인물은 없고?"

"예, 호남 출신의 기업인들과 만난 것 외에는 크게 눈에 띄는 인물들은 없었습니다."

"대선을 치르려면 돈이 필요하겠지. 하여간 일거수일투족을 놓치지 말고 잘 감시해야 해. 만약 김대중이 대통령이 되면 우리 자리가 흔들리게 되니까."

"예, 철저하게 감시하고 있습니다."

"이제 얼마 안 남았어. 공작팀은 잘 준비되고 있지?"

"예, 북풍공작과 함께 국내 테러를 준비하고 있습니다. 예상대로 김평일에 불만을 가진 군부 인물들이 적지 않았습니다."

"모든 일에는 타이밍이 중요해. 그리고 이전처럼 안기부 선체가 선거판에 투입되는 것이 아니니까, 움직임에 조심하고."

이전과 달리 국가안전기획부의 직원들 대다수가 중립 의지를 표명하며 대통령 선거에 정치적인 개입을 자제하려고 했다.

지금 국난으로 표현되고 있는 경제 위기를 막아낼 수 있는 인물이 대통령이 되어야만 했다.

"예, 낙선팀에 참여한 인물들 모두가 베테랑이라 충분히 인지하고 있습니다."

"좋아. 필요한 자금은 마음껏 써. 이번 일만 잘 끝나면 이 자리가 자네 자리가 될 테니까."

"예, 최선을 다하겠습니다."

박승규 실장은 서범준 2차장의 말에 자신감 넘치는 말로 답했다.

국내 담당 제2차장 자리는 안기부 내에서도 가장 꽃보직이었다.

해외 파트와 국내 파트 인원 비율이 2 대 1인 상황에서 국가안전기획부가 사용하는 정보비의 90%가 국내 파트에 배정되었기 때문이다.

이는 한국의 특수한 상황인 남북한의 군사적 대치 때문이었다.

*   *   *

김대중 대선 후보는 말을 잊어버린 것처럼 한동안 말이 없었다.

마치 둔기로 뒤통수를 가격당한 사람처럼 멍한 모습까지 보였다.

"후! 이걸 다 어찌 풀어내야 합니까?"

5분간 말이 없던 그의 첫마디는 한숨이었다.

"저도 정답은 알지 못합니다. 하지만 문제를 해결하기 위해 먼저 해야 할 일은 알고 있습니다. 제일 먼저 김 대표님께서 이 나라의 대통령이 되셔야만 문제 해결의 실마리가 보일 것입니다."

나 혼자의 힘으로는 감당할 수도, 해결할 수도 없는 문제들이었다.

지금 대한민국에 한꺼번에 몰아닥친 위기와 난제들을 해

결하기 위해서는 김대중 대선 후보가 최고 권력을 가진 대통령이 되어야만 했다.

"허허! 내가 대통령이 된다고 해도 지금의 위기를 극복할 수 있을까 하는 생각이 듭니다. 망가져 가는 경제는 물론이고 정부기관과 정치·사회 분야까지 깊숙이 파고든 암세포들을 제거할 수 있겠습니까?"

김대중 대선 후보는 허망한 웃음을 지으며 말했다.

그의 말처럼 동남아발 외환 위기로 대한민국호는 서서히 침몰해 가고 있었다.

여기에 정치와 언론은 물론이고 사회 분야 깊숙이 흑천과 연관된 세력들이 암세포처럼 구석구석에 퍼져 있었다.

대한민국은 이미 말기 암 환자처럼 도저히 치료할 수 없는 상황에 놓여 있었다.

"그냥 이대로 포기한다면 이 나라의 국민들은 앞으로 북녘 땅의 동포보다 못한 삶을 살아갈지도 모릅니다. 제가 가진 힘이 부족하지만 김 대표님을 힘껏 돕겠습니다. 대신 대통령이 되신다면 제가 흑천과 싸울 수 있는 여건을 마련해 주십시오."

"음, 어떤 방식으로 문제를 해결할지 물어봐도 되겠습니까?"

"법의 테두리를 벗어난 방법을 사용해야 합니다. 흑천과의 싸움은 일반적인 방법으로는 도저히 감당할 수 없습니다. 총기 사용은 물론이고 가능한 모든 수단과 방법을 동원해야만 이들을 물리칠 수 있습니다. 지금까지 이들에 의해서 비명횡사한 수많은 사람들도 처음에는……."

내가 세운 계획을 김대중 대선 후보에게 이야기해 주었다. 그러나 모든 것을 오픈하지는 않았다.

"음, 내가 정부 관리와 정치 분야를 담당하고, 강 회장님께서 경제와 흑천에 대한 처리를 맡으시겠다는 말씀입니까?"

"경제 분야는 저 혼자서는 감당하기 힘든 부분이 있습니다. 정부에서도 많은 도움과 협조를 해주셔야만 경제 위기를 극복할 가능성을 높일 수 있습니다. 그리고 흑천에 대한 처리는 확실히 제가 맡겠습니다. 말씀드린 대로 치안 부서가 흑천의 문제에 끼어들지 않게만 해주신다면 모든 위험은 제가 감수하겠습니다."

"너무 위험하지 않겠습니까? 강 회장님께서 모든 짐을 짊어지시려는 것 같습니다."

"아닙니다. 다른 사람들이 끼어드는 것이 오히려 위험을 키울 수 있습니다. 흑천을 겪어보지 못한 사람은 이들의 잔인함과 무서움을 알지 못하기 때문에 자칫 큰 희생이 발생할 수 있습니다. 차라리 이들이 저를 목표로 움직이는 것이 일을 진행하는 데 수월합니다."

흑천은 경찰이 감당할 존재가 아니었다.

그들 개개인이 지닌 능력은 총기를 소유한 인물들도 쉽게 무력화시킬 수 있었다.

더구나 흑천과의 싸움은 자칫 내전보다도 더 큰 희생을 불러올 수 있었다.

"참으로 대단한 일을 해오셨습니다. 그 누구도 할 수 없는 일을 강 회장님께서 하신 것입니다. 이 나라에 강 회장님 같은 분이 계시다는 게 큰 복입니다. 여기 있는 자료를 보지 않았다면 제가 대통령이 된다 해도 이 나라는 크게 바뀌지 않았을 것입니다. 강 회장님이 계획하신 대로 진행하십시오. 제가 무슨 수를 쓰더라도 대통령이 되어 강 회장님을 돕겠습니다."

김대중 대선 후보는 나의 말에 고개를 끄떡이며 내가 말한 계획에 함께하겠다는 말을 해주었다.

"감사합니다. 저 또한 대통령에 당선되실 수 있게 물심양면으로 돕겠습니다."

이러한 일의 진행은 권력을 잡은 정권 초기에나 가능한 일이었다.

한편으로 김대중 대선 후보가 흑천을 알고 있었다는 것이 문제 해결의 실마리가 되어주었다.

*　　　*　　　*

11월에 들어서자 경제 문제는 정부의 바람과 달리 더욱
악화 일로로 내달렸다.

경제 관료들은 우왕좌왕할 뿐 침몰해 가는 한국호가 처
해 있는 본질을 아직도 깨닫지 못하고 있었다.

한국의 경제 위기가 지속되는 동안 경제 관료들은 정체
성 위기에 빠져 있어서인지 객관적인 시야와 해결책을 마
련하지 못하는 모습이었다.

외국의 딜러들과 은행 관계자들이 한국의 외환 보유액을
의심할 때 정부 당국자나 한국은행 관계자 누구 하나 국제
금융시장에 국가 IR(투자설명회: Investor Relations)를 하지
않았다.

정확히 말하면 국가 IR에 대한 개념조차 알지 못했다.

여기에 연일 외국 자본의 이탈이 가속되었고, 제일 먼저
이탈하기 시작한 일본계 자본은 한국의 대외 채무 중 가장
많은 절반의 포지션을 차지했다.

문제는 동남아시아를 거쳐 한국마저 흔들리는 상황에 놓
이자 경제 대국인 일본 또한 흔들리기 시작했다는 것이다.

일본의 금융기관들은 1990년대 이후 거품 경제가 꺼지면

서 막대한 부실 여신에 시달리고 있었다.

동남아 국가의 외환 위기 여파와 함께 일본 은행들도 부실 여신으로 중병을 앓고 있다 보니 한국에 빌려준 단기 외채의 만기를 연장해 주지 않았다.

동남아 외환 위기에서 타격을 입은 일본의 몇몇 은행과 증권사들도 파산의 위기에 처해 있었기 때문이다.

지금 외환시장은 원화 하락을 막아내기 위해 안간힘을 쓰고 있었다.

명동에 자리 잡고 있는 한국은행 위로는 먹구름이 사라지지 않고 있었다.

"일주일 동안 55억 달러를 소진했습니다. 이런 식으로 하다가는 300억 달러가 순식간에 사라질 것입니다."

한국은행 외환특별대책팀을 이끄는 박인영 실장이 심각한 표정으로 최경식 한국은행총재에게 보고했다.

"어떡하든지 방어해야 해. 천 원으로 올라가면 기업들이 다 죽어. 대만과 홍콩도 해냈잖아."

환율 안정은 정부의 사명이자 책무였다.

대만과 홍콩도 주식시장과 금리를 포기하는 정책을 통해서 환투기 세력과의 싸움에서 환율만은 지켜냈다.

하지만 명목상의 변동환율제를 채택하고 있는 한국은

2.25%의 금리변동폭으로는 급속히 빠져나가는 외국 자본을 붙잡아두기에 역부족이었다.

"그럼 홍콩처럼 금리를 대폭 올리는 것이 병행되어야 합니다."

홍콩 금융청은 은행 간 초단기금리를 연 6%에서 300%로 상승시키는 말도 안 되는 일을 진행했다.

하지만 이로 인한 여파로 인해 폐업이 속출하고 기업들이 임금 지급을 미루었다.

주가와 부동산값은 떨어졌고 소비 심리가 위축되어 유통시장이 얼어붙었으며, 경제성장률 전망치는 하향 조정되었다.

더 나아가 한동안 뜸했던 해외 이민이 증가하기 시작했다.

"허허! 그렇게 되면 간신히 버티고 있는 기업들에서 산소호흡기를 떼는 일이잖아. 더구나 재경원에서 그걸 받아들일 것 같아? 어떻게든 올해만 버티자고. 새 정부가 들어서면 외부에서 바라보는 눈도 달라지고 기업들에 대한 대책이 확실해질 테니까."

한국 경제의 거품은 동남아와 홍콩처럼 부동산에 있질 않았고, 금융기관과 재벌 기업들의 막대한 해외 채무에 있었다.

금융기관의 해외 부채도 대부분 재벌에게 돌아간 것이므로 결국 재벌의 해외 채무에 문제가 발생한 것이다.

11월 들어서도 기업들의 부도는 계속 이어져 해태와 뉴코아그룹이 결국 부도가 났다.

올 초부터 기업들이 흔들리지 않았다면 홍콩처럼 금리를 통해서 환율을 조정할 수 있었을 것이다.

"후! 재경원이 현실을 받아들였으면 좋겠습니다."

외부의 도움을 일절 허락하지 않는 자존심 강한 재경원의 형태를 박인영 실장은 꼬집었다.

미국을 비롯한 외국 경제학자들은 경고하듯이 한국 경제가 곧 무너질 것이라는 의견을 내어놓았지만, 한국 정부와 정부의 지원을 받는 관변 경제학자들은 태연하기만 했다.

*   *   *

"김대중 후보 측에 2백억 원을 전달했습니다."

김동진 비서실장의 보고였다.

새정치국민당의 김대중 당 대표를 만난 후에 결정된 상황이었다.

김대중 대선 후보는 민주한국당의 한종태 후보와 비교하면 기업들의 후원이 현저히 적었다.

호남에 기반을 둔 기업들의 지원을 받았지만, 그것만으로는 대통령 선거를 치를 수 있는 자금이 부족했다.

더구나 경제 위기를 겪고 있는 기업들은 예전처럼 적극적인 후원을 하지 못했다.

"단비와도 같은 자금일 것입니다."

"예, 대선 유세가 본격적으로 시작되는 시점이라 돈이 많이 들어갈 시기였습니다."

후보마다 깨끗한 선거를 표방하지만 그걸 믿는 사람들은 없었다. 아직 한국 정치와 선거는 돈이 좌지우지하는 선거였다.

선거에 얼마의 돈을 쓰느냐에 따라서 당선 여부가 갈렸다.

"1백억 원을 더 준비해 놓으십시오. 막판에 자금이 부족하면 안 되니까요."

"예, 요청이 들어오면 바로 지급하겠습니다."

"닉스디자인센터에 연락해서 김대중 후보의 캐릭터를 제작하라고 하십시오. 친근하면서도 위기를 극복할 수 있는 강한 이미지를 느낄 수 있도록 말입니다. TV 광고와 신문에도 실릴 광고 콘셉트도 만드십시오. 아, 그리고 CM송도 의뢰하시고요."

90년대 선거를 완전히 뒤바꿀 수 있는 회심의 카드를 준비할 생각이었다.

지금 박빙의 지지율로 평행선을 달리고 있는 상황에서 대선 후보를 돋보이게 하는 이미지 광고 기술이 부족했다.

"새정치국민당 선거 캠프와 협의를 할까요?"

"아닙니다. 이미 김대중 후보에게서 허락을 받아놓은 것입니다. 선거 캠프에서 의뢰한 것으로 진행하면 됩니다."

자금뿐만 아니라 모든 지원을 통해서더라도 김대중 대선 후보가 당선되어야만 했다.

그렇지 않다면 이 나라는 지금껏 겪어보지 못한 최악의 상황을 맞이할 것이기 때문이다.

"예, 말씀하신 대로 진행하겠습니다."

김동진 실장이 보고를 마치고 나가자 소빈뱅크의 그레고리가 들어왔다.

소빈뱅크는 매일 내게 한국과 국제금융동향을 보고했다.

"한국은행이 100억 달러를 소진한 것 같습니다."

"다음 주면 두 손 두 발을 다 들겠군."

그레고리는 내 말을 이해하지 못하는 것 같았다.

"한국은행이 항복한다는 소리야."

"아, 예. 한국 정부에서 미국과 일본에 협조를 요청하는 특사를 파견했습니다. IMF가 아닌 미국과 일본에 직접 협조를 구하려고 하는 것 같습니다."

그레고리의 말처럼 한국 정부는 IMF에 손을 내밀지 않겠다는 것이었다.

다시 말해 미국과 일본에서 직접 돈을 빌려 외환 위기를 극복하겠다는 뜻이다.

정부는 한국의 위기가 이대로 확산되면 미국이나 일본 또한 위태롭다는 주장을 하며 두 나라를 압박했다.

실제로 세계 경제 11위인 한국의 위기는 이미 일본에 영향을 미쳐 원화의 하락이 엔화 하락을 부추기고 있었다.

엔화의 하락은 2천억 달러에 달하는 미국의 무역적자를 더욱 가중하는 일이었다.

지금보다 더 엔화가 추락한다면 향후 1~2년 안에 미국의 무역적자는 1천억 달러가 추가로 늘어날 수도 있었고, 미국은 이러한 상황을 원치 않았다.

더구나 일본의 거품경제가 꺼지면서 일본 금융기관들이 막대한 부실 여신에 시달리고 있어 한국 경제가 무너지면 일본도 결코 안전하지 못했다.

이것은 곧 미국의 세계 전략에 위배되는 상황이었다.

"후후! 너무 순진하다고 해야 하나. IMF가 곧 미국의 이익을 대변하는 곳이라는 것을 모른단 말인가?"

"아직도 상황 파악을 못 하는 것 같습니다. 클린턴 행정부가 직접 지원을 하게 된다면 미국 의회의 반발에 부닥칠 것입니다."

"그래, 쉬운 길을 놔두고 어려운 길로 가지 않겠지. 일본은 자국의 경제 위기를 막아내기 위해서라도 도와주려고 하겠지만, 이걸 미국이 절대로 두고 보지는 않을 거야."

"예, 미국의 루빈 재무장관은 계속해서 한국 지원의 정답은 IMF를 통하는 길이라는 뉘앙스를 전달하고 있습니다."

미국의 재무부는 이미 한국이 IMF의 구제금융을 신청하리라는 것을 기정사실로 받아들이는 분위기였다.

하지만 한국은 아직도 이러한 사실을 인지하지 못하고 있었다.

"코사크가 알아낸 바로는 루빈은 웨스트가 내세운 인물이야. 그가 한국은 물론이고 러시아 또한 평안한 길로 인도하지 않으리라는 것을 알아야 해. 오늘 들어온 정보를 보니 어젯밤 재무부 차관인 서머스가 일본으로 향했다는군."

코사크 정보센터에서 보내온 정보였다.

서머스는 재무부 차관으로 국제경제를 담당하고 있었다.

한국 정부에서 일본에 특사를 파견하려고 하자 서머스가 갑작스럽게 일본으로 날아간 것이다.

미국은 일본이 단독으로 한국을 지원하는 것을 원치 않았고 모든 방법을 동원해 저지했다.

서머스 차관은 루빈 장관의 오른팔로 서머스를 재무부로

끌어들였다.

"그럼, 미국이 아닌 웨스트가 원하는 방향으로 가겠군요."

"한국이 자신들의 손안에서 놀아나게 할 기회를 날릴 리가 없겠지. 이미 돌이킬 수 없는 싸움이 되었어. 오늘부터 NDF(역외선물환시장)에도 개입해서 놈들이 가져가는 달러를 토해내게 만들어."

역외선물환시장에서 원화의 거래가 점점 커지고 있었다.

"예, 알겠습니다."

내 말에 그레고리는 자신감 있는 대답을 하고는 회장실을 나섰다.

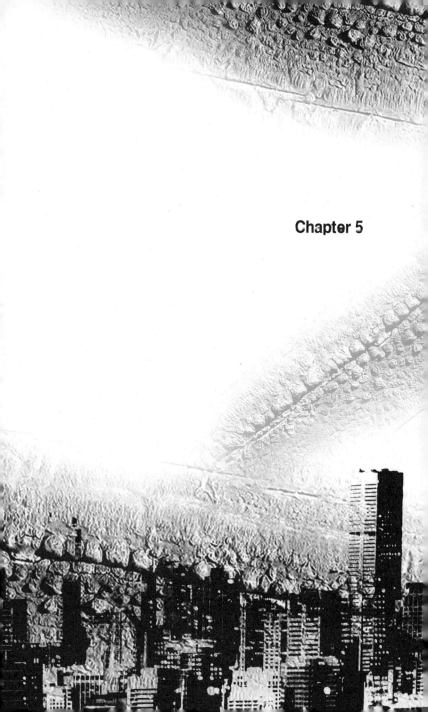

Chapter 5

　1년여에 달하는 경제 위기가 지속되자 사람들은 불안해했고, 이런 마음을 이용한 사이비 종교가 급속도로 늘어났다.

　그중에도 눈에 띄는 단체는 천복이라는 단체로 하늘의 복과 조상의 은덕을 바탕으로 세상을 살아가야만 이 세상에서 복을 누릴 수 있다는 주장을 설파했다.

　여기에 천인과 선인에 올라선 사람만이 지옥의 도래가 곧 펼쳐지는 세상에서 살아날 수 있다는 말로 사람들을 선동했다.

천복은 기독교에서 말하는 말세와 도교 · 불교 등의 통속적인 여러 신앙 요소들을 가져다가 양념하듯이 섞어놓은 사이비 종교였다.

사람들이 이 종교에 빠져든 이유는 천복에서 불구자와 병자들을 고치는 기적을 보여주었기 때문이다.

여기에 귀신이 복종하고 하늘의 뜻을 전한다는 천복귀인과 천계귀인의 점괘가 기가 막히게 맞다는 소문이 퍼져서였다.

"중인들과 지인들은 들어라! 이 세상은 혼자서는 견딜 수 없는 추운 겨울에 다다랐다. 너희가 선인을 넘어 천인에 이르러야만 악귀들로 넘쳐나는 겨울의 시기를 견뎌낼 수 있느니라."

"천복! 아비도비 설무도비 아비비행 마하수리!"

도인이 연상되는 복장과 모습을 한 천복귀인이라 불리는 인물이 설법을 펼치자 3천여 명에 달하는 사람들이 한목소리로 주문을 연상시키는 말로 화답했다.

"세상을 이롭게 하고 천인을 공경하는 인물이 이 나라를 이끌어야 하느니라. 천계귀인께서 천복을 받은 인물을 지성으로 하늘에 아뢰었고, 오늘에서야 하늘 문이 열려 그 뜻을 받으셨느니라!"

"오! 아비도비 아비비행 마하수리 사비하!"

사람들은 천복귀인의 말에 환호하며 주문을 외쳤다.

그러자 뒤쪽에서 문이 열리며 화려하기 이를 데 없는 복장을 한 인물이 단상으로 나왔다.

"중인과 지인들은 하늘에 뜻을 받들라!"

천계귀인이라 불리는 자의 목소리는 무척이나 이질적이고 특이했다.

그가 소리치자 사람들 대다수가 절을 하듯이 고개를 앞으로 수그리며 엎드렸다.

하지만 가슴에 선(仙) 자와 천(天) 자가 새겨져 있는 인물들은 그대로 자리에 앉아 있었다.

"하늘에 천복을 입은 자의 이름이 나타나리라!"

천계귀인이 소리치자 천장에서 커다란 화선지가 내려졌다.

그때 천계귀인의 손에서 불덩어리가 솟구쳐 올라 순식간에 종이를 태웠고, 그 순간 사람 이름이 나타났다.

한종태!

대선 후보인 한종태의 이름이 허공에서 불타오르며 또렷하게 새겨진 모습에 사람들은 전율하면서 맹렬히 주문을 외치기 시작했다.

건물이 떠나갈 정도로 주문을 외며 광기에 사로잡힌 사람들의 모습을 뒤편에서 지켜보고 있는 홍무영 장로의 입가에 미소가 피어오르고 있었다.

*   *   *

해외 언론들은 연일 한국에 대해 투자자들의 불안을 해소하기 위해선 IMF 구제금융을 통해 국내 은행들을 조속히 안정화하는 것이 필요하다는 기사를 쏟아냈다.

그러나 정부는 IMF에 손을 내밀지 않고 2.25%이던 환율변동폭을 기준환율 10%로 대폭 확대와 함께 은행, 상호신용금고, 증권회사, 보험회사 등 모든 금융기관의 예금에 대해 2000년 말까지 3년 동안 정부가 원금과 이자 전액 지급을 보장하기로 했다.

이와 함께 국책은행인 한국은행과 정부의 채권을 해외시장에 발행해 외화를 직접 조달하겠다는 내용의 금융안정화 대책을 발표했다.

그러나 이러한 한국 정부의 발표에 국제금융시장의 반응은 냉담했다.

국내 언론 또한 11월에 들어서 일제히 논조를 바꿔 과거의 환상을 깨고, 국민들 각자가 허리를 졸라매고 분발해야 한다는 기사를 내보냈다.

여기에 책임 소재를 떠나 모든 경제주체가 고통을 분담해야 한다는 여론을 형성하기 위해 경제 전문가들과 관변 학자들이 이구동성으로 떠들고 있었다.

"후후! 문제를 일으킨 주체는 따로 있는데 모두가 고통을 분담해라. 정말 웃기는 소리들을 하는군."

"저희가 이야기했던 경고를 조금만 경청했어도 오늘 같은 일은 일어나지 않았을 것입니다."

내가 신문을 내려놓으면서 말하자 그레고리의 목소리가 들려왔다.

소빈뱅크는 재정경제원에 동남아 국가들의 외환 위기가 한국에 큰 여파를 줄 수 있다는 경고를 보냈었다.

그러나 재경원은 경고에 대해 귀를 기울이지 않았을 뿐만 아니라 환율 변동폭 확대가 필요하다는 의견 또한 무시했다.

한국은행의 외환 보유고가 급격히 줄어드는 11월이 되어서야 황급히 환율 변동폭 확대를 발표했다.

"자만심과 무지함이 만든 결과일 뿐이야. 서울 지점에 여유 자금이 얼마나 있지?"

"137억 8천만 달러입니다. 일본 외환시장과 NDF에서 일주일간 5억 7천만 달러의 수익을 올렸습니다."

원화를 비롯한 엔화, 그리고 아시아 국가들의 환율 변동 폭이 확대되자 소빈뱅크 국제금융센터에서 벌어들이는 돈은 급격히 불어나고 있었다.

이미 단계별로 나라별 환율에 대한 하락폭을 예상해 놓았고 그 예상은 정확하게 맞아 들어갔다.

이러한 결과는 곧 막대한 이익으로 이어지고 있었다.

"예상보다 많은 금액이군."

"그만큼 저희의 예측이 정확했습니다. 이 때문인지 외환시장과 선물시장에서 우리에게 동조하는 세력들이 늘어났습니다."

소빈뱅크가 두 시장에서 막대한 이익을 내자 어느 순간 시장을 선도하는 세력이 되어 있었다.

"결과가 말해주는 것이니까. 헤지펀드들이 판을 키우고 이익은 우리가 가져오는군."

"예, 그들도 이익을 보았지만, 저희만큼은 아닙니다. 소문에는 JP모건이나 소로스펀드에서 저희의 투자 패턴과 거래 방식을 연구한다고 합니다."

헤지펀드들과 골드만삭스, 모건 스탠리 등 유명 금융투자기관들은 소빈뱅크의 수익률에 놀라고 있었다.

소빈뱅크에서 수익률에 대한 공식적인 발표는 하지 않았지만, 어느 정도는 예측 가능한 일이었다.

더구나 소빈뱅크는 지금껏 손실이 난 거래와 투자가 없었다.

"후후! 연구하면 할수록 우리의 투자방식을 이해하지 못할 텐데."

소빈뱅크는 금융기관과 달리 과거의 데이터나 수학적인 통계 방식을 응용한 투자를 하지 않았다.

앞으로 일어날 중요한 사건과 연계한 알고리즘을 바탕으로 투자에 임했다.

미래의 사건이 실제로 일어났을 때의 여파와 파장을 시뮬레이션하여 외환시장과 주식시장에 끼치는 영향에 대해 선제적으로 대응했다.

더구나 소빈뱅크에서 개발한 자동매매프로그램을 통해 0.01초의 속도로 진입과 청산을 자동 수행할 뿐만 아니라, 아시아장(오전), 유럽장(오후), 미국장(저녁) 등 해외 선물시장의 시간대에 따라 자동으로 매매 설정값이 달라지는 패턴 매매를 하고 있었다.

여기에 나를 통해 미래를 대비하는 소빈뱅크의 투자 방식은 실패할 일이 없었다.

더구나 현재에 머물지 않고 거래 방식에서 얻어지는 빅데이터들을 수집 및 응용하여 지속적으로 거래 방식을 보완하고 발전시켰다.

"그들은 답을 찾을 수 없을 것입니다."

"물론 그러겠지. 홍콩 지점은 언제 오픈하지?"

"11월 30일입니다."

소빈뱅크 홍콩 지점을 개설하기로 했다.

내년을 생각하고 있었지만 추락하는 홍콩 부동산 시장 덕분에 일정이 빨라졌다.

소빈뱅크는 홍콩센트럴에 자리 잡고 있는 빌딩과 고급 호텔을 값싸게 인수했다.

"그때 맞춰 홍콩을 방문하도록 하지. 헤지펀드가 이대로 물러서지 않을 거야. 홍콩은 아주 먹음직스러운 먹잇감이거든."

나의 말처럼 헤지펀드는 홍콩을 내년에도 지속해서 공격할 것이다.

"다시 공격한다는 말씀이십니까?"

"환율은 방어했지만, 주식과 부동산은 엉망이 되었으니까. 이 여파가 내년에도 홍콩의 발목을 잡을 거야. 그건 그렇고 임창열 부총리가 이고르를 만나길 원한다고?"

금융개혁법안의 무산으로 인해 강경식 경제 부총리와 청와대 경제수석 등 경제 관료들이 전격 경질되고 임창열 통상산업부 장관이 부총리에 임명되었다.

임창열 부총리는 소빈뱅크의 은행장인 이고르를 만나고

싶다는 의사를 그레고리에게 전달했다.

"예, 재경원에서 생각하는 대로 미국과 일본에서 자금을 끌어들일 수 없다는 것을 깨달은 것 같습니다. 이에 따라 한국은행에서 글로벌 본드 발행을 추진 중이라고 합니다."

글로벌 본드는 미국, 아시아, 유럽 등 세계 주요 금융시장에서 발행되고 유통되는 국제채권이다.

일반적으로 10억 달러 이상 대규모 자금이 필요할 경우 발행되며 세계은행(IBRD)이나 각국 정부 등이 발행하는 경우가 많다.

한국은 1993년 한전이 기업으로서는 세계에서 세 번째로 13억 5천만 달러의 글로벌 본드를 발행했다.

"보통 급한 게 아니니까. 모든 방법을 다 동원하겠지."

장성원 재정경제원 차관이 일본으로 날아가 자존심을 굽혀가며 도움을 요청했지만, 일본 경제를 이끄는 미즈쓰카 히로시 대장상은 일본의 직접 지원에 난색을 표했다.

10월 말 한국에 대한 단독 지원 의사를 내보였던 것과는 확연히 달라진 모습이었다.

이는 미국의 서머스 재무부 차관이 일본을 방문한 이후 바뀐 기류였다.

한마디로 일본은 미국의 의사에 반하는 행동을 할 수 없다는 말이었다.

　　　　　*　　　　*　　　　*

　대산그룹의 이대수 회장이 닉스홀딩스를 방문했다.

　몇 번 나에게 연락을 취해 만나기를 원했지만 일을 핑계로 자리를 마련하지 않았었다.

　그러자 나를 만나기 위해 직접 찾아온 것이다.

　"바쁘신데 여기까지 오시게 해서 죄송합니다."

　"하하하! 아닙니다. 한 번쯤은 닉스홀딩스를 와보고 싶었습니다. 역시나 제가 생각한 만큼 훌륭하네요."

　"감사합니다. 이리로 앉으시지요."

　나는 상석을 가리키며 말했다.

　"이곳의 주인이 앉는 자리를 제가 앉을 수는 없습니다. 저는 여기가 편합니다."

　이대수 회장은 상석이 아닌 옆자리에 앉았다.

　"어디 편찮으신 곳은 없으시지요?"

　나 또한 상석이 아닌 이대수 회장 반대편에 앉았다.

　"하하! 아직은 팔팔합니다. 오다 보니까 닉스홀딩스 본사 건물이 다 올라갔던데요."

　"예, 내년 5월경에 새로운 건물로 옮겨갈 예정입니다."

　"건물 모습이 일반적이지 않고 아주 멋져 보였습니다. 빌딩을 이렇게도 지을 수 있구나 생각했습니다."

이대수 회장의 말처럼 닉스홀딩스 빌딩은 직사각형 모양의 건물이 아닌 큐브 퍼즐이 중간에 엇갈린 형태처럼 지어졌다.

닉스홀딩스 본사는 세계적인 건축가인 스티븐 홀과 루이스 칸이 설계했다.

"감사합니다. 저희가 패션 사업이 주력이다 보니 이와 어울리는 설계를 했습니다."

"하하하! 이거 누가 들으면 정말 패션 사업만 하시는 줄 알겠습니다. 닉스가 잘나가긴 하지만 다른 사업들도 나비처럼 훨훨 날아다니지 않습니까? 요즘같이 어려운 경영 환경에서도 전 계열사가 성장하고 흑자를 내는 그룹은 닉스홀딩스밖에 없습니다."

이대수 회장의 말이 맞았다.

닉스홀딩스 산하 계열사들은 어느 하나 어려움 없이 이익을 내고 있었다.

지속적인 투자를 해오던 닉스호텔도 신의주관광특구 내 카지노와 호텔, 그리고 테마파크인 닉스랜드가 오픈하면서 큰 성장을 하고 있었다.

"다른 기업들이 어려움이 있어 저희가 나아 보일 뿐입니다. 아직은 부족한 점이 많습니다."

"하하! 강 회장님께서 부족하다고 하시면 저 같은 사람은 어떡해야 합니까? 너무 겸양하시는 것도 보기에 좀 그렇습니다."

"이 회장님께서 절 너무 좋게 봐주셔서 그렇습니다. 그리고 닉스홀딩스가 외부에서 보는 것만큼은 아닙니다."

"그래도 매년 이렇게 성장하는 기업은 국내에서는 찾기 힘듭니다."

비서실 여직원 차를 내오자 잠시 대화가 끊겼다.

"제가 바쁘신데도 불구하고 이렇게 찾아온 이유는 다름이 아니라 강 회장님께서 이 나라를 위해 힘을 보태주었으면 하는 바람에서입니다."

여직원이 나가자마자 이대수 회장은 나를 찾아온 이유를 말했다.

"그게 무슨 말씀이신지요?"

"솔직히 이야기를 건네겠습니다. 일전에 민주한국당의 한종태 당 대표를 만나셨지요?"

"예, 만나뵀습니다."

"한종태 대표께서 강 회장님께 제의했던 일은 생각을 해보셨습니까?"

'음, 확실히 한종태와 대산그룹이 연계되어 있군.'

"아, 예. 생각은 해보았지만, 그 자리는 제가 감당할 자리가 아닙니다. 저는 회사와 신의주 특별행정구의 일로도 무척이나 벅찬 상황입니다. 더구나 능력을 떠나 경험이나 나이로 보아도 그 자리는 제게 어울리지 않습니다."

"음, 물론 그러실 것입니다. 하지만 이 나라가 지금 어떤 상황에 놓여 있는지를 강 회장님께서도 잘 알고 계시지 않습니까? 정부는 우왕좌왕할 뿐이고 기업들은 당장 내일을 장담하지 못하고 있습니다. 이러한 상황에서 고통을 받는 것은 국민들입니다. 제 좁은 생각에도 조속히 새로운 정부가 들어서 파국으로 흘러가는 지금의 상황을 해결해야 합니다. 하지만 실물 경제를 제대로 알지 못하는 사람이 이 나라의 경제를 이끈다면 지금보다도 더 큰 어려움이⋯⋯."

이대수 회장은 현 경제 상황과 한종태 당 대표가 나에게 했던 이야기를 꺼냈다.

그가 우려하는 것을 나 또한 잘 알고 있었다.

하지만 지금의 위기를 불러들인 재벌들의 대외채무와 문어발식 확장에 대해서는 단 한마디도 나오지 않았다.

"이 회장님께서 말씀하신 것은 저 또한 충분히 동감합니다. 하지만 이럴 때일수록 저는 지금의 자리에서 더 충실하게 기업 경영에 매진하는 것이 나라를 위하는 일인 것 같습니다."

"물론 강 회장님의 말씀이 틀린 것이 아닙니다. 하지만 지금은 작은 것보다 더 큰 그림을 보셔야 합니다. 만약 강 회장님께서 한종태 당 대표에게 힘을 실어주신다면 닉스홀 딩스는 지금보다 한층 더 앞으로 나아갈 수 있습니다. 그리고 앞으로 정리될 많은 기업들을 강 회장님의 입맛에 맞게 처리할 수 있습니다."

이대수 회장은 한종태가 대통령이 되면 닉스홀딩스가 가져올 수 있는 이익에 관해 이야기를 꺼냈다.

그의 말처럼 기업 정리가 이루어지는 것을 내 마음대로 할 수 있다면 재계의 판도가 확 달라질 수 있는 일이었다.

그 말은 곧 닉스홀딩스가 원하는 기업을 마음껏 가져올 수 있다는 말이다.

"하하! 정말 저를 어렵게 하시네요. 하지만 전 지금의 생각을 바꿀 의사는 없습니다. 말씀드린 대로 제 능력은 제가 너무나 잘 알고 있습니다. 저를 좋게 봐주신 것은 감사하게 생각합니다."

다시금 거절 의사를 확실히 말했다.

이대수는 내 말에 잠시 생각을 정리하는 듯한 모습을 보인 후 다시금 입을 열었다.

"음, 제가 안타까운 마음에 한마디만 더 하겠습니다. 한 종태 당 대표는 반드시 이 나라의 대통령이 됩니다. 그분과 함께하지 않는다면 강 회장님께서는 참으로 불운한 일이 될 것입니다. 더 나아가 지금처럼 닉스홀딩스가 승승장구하지 못할 상황에 놓일 수도 있습니다. 아직 시간이 있으니 다시 한번 천천히 생각해 보십시오. 그리고 새정치국민당의 김대중 대표하고는 가까이하지 않는 것이 강 회장님의 신상에도 좋을 것입니다."

이대수 회장은 말을 마치고는 의자에서 일어났다.

마지막 말은 마치 나에게 경고를 하듯이 평소와는 전혀 다른 말투였다.

더구나 그는 한종태가 대통령에 당선될 수밖에 없다는 암시를 내게 던졌다.

*　　　*　　　*

드디어 미국 달러화에 대한 원화 환율이 사상 처음으로 천 원대를 돌파했다.

외환 당국이 환율 개입을 포기하는 순간, 단숨에 제한폭인 1,008.6원까지 치솟아 거래가 중단되었다.

이러한 결정은 종금사의 결제 수요와 함께 기업들의 달러화 수요를 외환 보유고로 무한정 막기는 어렵다고 판단해 오후장에 개입을 포기한 것이다.

외환 당국은 그동안 어떻게하든지 1달러당 천 원 돌파를 저지하기 위해 막대한 외화를 외환시장에 쏟아부었다.

하지만 결과는 200억 달러에 가까운 자금을 소비하고도 환율을 지켜내지 못한 것이다.

외환 당국의 환율 개입 포기 소식에 오전 중 순매수를 보이던 외국인들도 오후장부터 돌연 매도세로 전환하여 198억 원어치의 주식을 순매도해 주가 하락을 부추겼다.

이로 인해 주가는 22.39포인트가 폭락해 496.98로 5백 선이 끝내 무너졌다.

시중금리도 영향을 받아 폭등하면서 기업들의 자금난이 더욱 악화시켰다.

현대, 삼성, LG, 대산 등 우량 대기업들마저 자금 확보를 위해 CP(기업어음) 발행을 대폭 늘렸지만, 종금사의 어음할인 능력이 소진되자 CP 금리가 폭등하여 연 16.88%로 치솟았다.

소빈뱅크 은행장인 이고르가 임창열 경제 부총리의 초청으로 한국을 방문했다.

그뿐만 아니라 스탠리 피셔 IMF 수석부총재와 티모시 가이츠너 미국 재무부 국제금융담당 차관보, 그리고 미 연방준비제도이사회(FRB) 관계자들도 이례적으로 일시에 한국을 방문했다.

이고르는 김포공항에 도착하자마자 임창열 부총리 겸 재정경제원 장관을 만나기 위해 과천으로 향했다.

"초청에 응해주셔서 감사합니다."

임창열 부총리는 이례적으로 청사 앞까지 나와 이고르와 서울 지점을 책임지고 있는 그레고리를 맞이했다.

"하하하! 아닙니다. 반갑게 맞이해 주셔서 고맙습니다."

임창열 부총리가 내민 손을 잡은 이고르는 밝은 목소리로 말했다.

"먼 길을 오셨는데 짐도 풀지 못하시게 해서 미안합니다."

"괜찮습니다. 시간이 금이라고 하지 않습니까."

"하하! 이해해 주시니 고맙습니다."

정부 과천청사 안으로 이고르를 안내하는 임창열 부총리는 웃음을 보였지만 표정이 밝지 않았다.

회담 장소에 도착하자마자 본격적인 협상에 들어갔다.

정부는 한국에 진출한 외국은행 국내 지점들에서 조달한 외화를 한국은행이 원화로 환매조건부 매입(SWAP)하는 한도를 늘려 100억 달러를 확보하려고 했지만, 미국과 일본계 은행 지점들은 이를 거부했다.

그러자 긍정적인 신호를 보냈던 소빈뱅크와의 만남을 추

진한 것이다.

"일시적인 어려움은 있지만, 한국 경제의 펀더멘털은 튼튼합니다. 외부에서 보는 거와는 다른 부분이 많습니다."

함께 배석한 이경준 한국은행 부총재가 먼저 입을 열었다. 하지만 그는 아직도 현 상황을 제대로 인지하지 못하는 것 같았다.

"우리가 아는 거와는 사뭇 다른 말씀을 하십니다. 뉴욕에서는 수백억 달러에 달하는 단기외채 만기가 임박해 한국이 곧 모라토리엄을 선언할지 모른다는 말이 흘러나오고 있습니다. 현재 한국이 보유한 외환 보유액이 얼마나 됩니까?"

이고르의 말에 이경준 부총재는 바로 대답을 하지 못했다.

"외환 보유액에 대해서는 말씀드리기 힘든 부분이 있습니다. 하지만 한국은 충분한 외화를 보유하고 있습니다."

옆에 앉은 임창열 부총리가 대신 답을 했다.

"저희가 조사한 바로는 한국은행이 보유한 외화는 103억 달러 수준인 거로 알고 있습니다. 백억 달러 수준의 외환 보유액은 그다지 충분하다고 보이지 않습니다."

임창열 부총리의 말에 그레고리가 곧바로 대응했다.

그의 말에 협상에 참석한 한국 측 인물들의 표정이 굳어지는 것이 보였다.

"하하! 외환 보유액을 충분히 늘릴 방안들이 빠르게 진행되고 있습니다. 오늘 이 자리도 그러한 일환이고요."

"저희는 정확한 자료를 바탕으로 말씀드리는 것입니다. 한국 정부가 현재 추진하려는 국채 발행은 미국과 일본의 금융시장에서 그다지 환영받지 못하는 것으로 알고 있습니다."

그레고리의 말처럼 한국 정부는 산업은행을 통한 산업금융채권(국채)과 부실채권정리기금과 연관된 기금채권 등을 발행하여 이를 미국과 일본의 금융시장에 매각하여 최소 200억 달러 규모의 외화를 확보할 계획이었다.

하지만 최근 한국 경제 상황으로 인해 한국물(코리안페이퍼)을 사려는 투자자가 없을 뿐만 아니라 해외금융시장에서 한국물의 가격이 형성되어 있지 않았다.

한마디로 실현 가능성이 떨어지는 계획이었다.

"음, 투자자들이 흥미를 느낄 수 있도록 충분히 메리트 있는 금리를 제공할 것입니다. 저희는 별도로 포항제철과 한국전력의 회사채를 정부 보증 아래 해외에 매각할 계획도 가지고 있습니다."

재경원 차관인 서명균이 그레고리의 말을 받았다.

"하하! 두 회사의 회사채 발행액이 얼마나 됩니까? 저희가 판단할 때는 회사채를 발행해도 큰 도움이 되지 않을 것 같습니다. 저희에게 정확한 정보를 주셔야지만 한국 정부가 원하는 것을 해드릴 수 있습니다."

이고르의 말처럼 국영기업인 포철과 한전의 회사채 발행액의 규모는 20억 달러 내외였다.

그 정도의 규모로는 현재의 외환 위기에 그다지 도움이 되지 않을 뿐만 아니라 두 회사의 회사채는 이전처럼 인기가 없었다.

재경원이 원하는 것은 소빈뱅크가 가지고 있는 달러를 원화로 매입하는 것이었고, 그 금액은 30억 달러 수준이었다.

"음, 알겠습니다. 현재 저희가 파악한 대외채무는 663억 달러로……."

임창열 부총리가 고개를 끄떡이자 최동윤 재경원 경제정책국장이 한국 정부의 현 상황을 설명했다.

"그럼, 한국의 금융기관과 기업의 해외 현지법인들이 빌린 역외채무는 얼마나 됩니까? 지금 말씀을 들어보니 그 금액은 포함되지 않은 것 같습니다."

그레고리의 날카로운 질문에 재경원 담당자의 얼굴이 굳어지며 바로 답을 하지 못했다.

재정경제원이 공식적으로 발표한 대외채무는 660억 달러였지만 이를 믿는 외국 금융기관과 투자자들은 없었다.

소빈뱅크가 파악한 바로도 한국의 역외채무 금액은 5백억 달러 이상으로 한국 정부가 발표한 금액과 합친다면 1천억 달러가 넘는 외채를 안고 있었다.

더구나 문제는 단기외채의 비율이었다.

"잠시 쉬는 시간을 갖는 것이 좋겠습니다."

"예, 그러도록 하시지요."

협상이 순조롭지 않자 쉬는 시간을 갖기로 했다.

재경원은 아직도 자존심 싸움을 하고 있었다.

쉬는 시간 이후에 다시 시작된 협상에도 소빈뱅크가 원하는 정확한 자료와 데이터 요구를 받아들이지 않았다.

협상 테이블에 앉았던 경제부처의 입장들도 통일되지 않고 제각각이었다.

한국 정부는 아직 그들이 어떤 상황에 부닥쳐 있는지 모르는 것 같았다.

원하는 것을 얻기 위해 내주어야 하는 것을 모르고 있는 것처럼 말이다.

더구나 한국발 외환 위기를 더욱 촉발시킨 국제금융 세력을 보는 관점도 매우 초보적이었다.

*　　　*　　　*

다음 날 정부의 금융시장 안정 대책 발표에도 불구하고 환율이 폭등하고 주가가 폭락하는 등 금융시장 전체가 일대 혼란에 빠졌다.

외환 시장은 환율 변동폭이 2.25%에서 10%로 확대되자마자 달러당 원화 가격이 상한선인 1,119원까지 폭등했다.

이날 환율은 달러당 1,035.5원에 고시됐으나 개장 초부터 달러화에 대한 무차별 매수세가 몰리면서 상한선인 103,5원보다 높은 1,139원에 거래된 뒤 매매가 중단되었다.

이에 따라 외국환은행들은 현찰매도율을 1,156원으로 재고시했다.

"달러가 부족한 상황에서 자금의 공급 없이 환율 변동폭을 확대한 조치는 불에 기름을 부은 격입니다."

소빈뱅크 은행장인 이고리의 말이었다.

"이는 한국 금융시장 전체에 치명타를 안겨준 것이기도 합니다. 한국은 더 이상 희망이 보이지 않는 상황입니다."

그레고리가 말을 덧붙였다.

"멍청하게도 마지막 기회마저 차버렸어."

어제 재정경제원과 한국은행 관계자들의 협상이 잘 풀렸다면 소빈뱅크는 재경원이 요구한 금액보다 20억 달러를 더 추가한 50억 달러를 공급할 계획까지 마련해 놓았었다.

하지만 끝내 협상은 타협점을 찾지 못했다.

지금 임창열 부총리는 IMF 관계자들과 티모시 가이츠너 미 재무부 국제금융담당 차관보를 만나고 있었다.

"IMF 국제금융 요청은 기정사실로 받아들여야 할 것 같습니다. 혼란이 가중되자 종금사들의 예금 인출 사태로 보름 동안 1조 1,639억 원의 예금이 인출되었습니다."

그레고리의 말처럼 종합금융사들의 구조조정에 관한 소문과 설이 나돌면서 부실 규모가 큰 종금사를 중심으로 하루 200~300억 원의 예금이 빠져나갔다.

종금사마다 이른 아침부터 예금을 찾으려는 사람의 줄이 길게 늘어진 모습이 계속 이어지고 있었다.

"정부가 너무 늦게 칼을 빼 들었어. 이미 내부 장기까지 썩어 들어갔잖아."

정부는 외화 조달난을 겪고 있는 종금사들에게 연말까지 외화차입과 대출 기간 미스매치(불일치)를 해결하지 못하면 내년부터 외환 업무 신규 영업을 정지한다고 발표했다.

외환 업무가 중단될 경우 부실종금사로 낙인찍혀 국내 영업에도 큰 타격을 입게 될 수밖에 없었다.

이로 인해 종금사들은 살아남기 위하여 달러 확보에 매달릴 수밖에 없는 상황이었고, 달러를 더욱 부족하게 만들었다.

"안일한 대응이 화를 키웠습니다. 일찌감치 한국 금융시

스템의 문제점을 알려주었지만, 경제 관리들은 한국의 빠른 성장률을 들먹이며 충분히 해결할 수 있다고 장담을 할 뿐이었습니다."

소빈뱅크는 한국 정부가 대기업과 종금사들의 대외채무를 제대로 파악하지 못하는 점과 정부가 은행 대출 결정에 직접 개입하는 관행에 대해 지적했었다.

하지만 정부는 한국 금융 상황의 심각성을 제대로 인지하지 못했을 뿐만 아니라 문제의 원인을 너무나 오랜 시간 내버려 둔 채로 문제를 더욱 키웠다.

"음, 그런 말을 한 관리들이 현재 자리를 지키고 있지도 않다는 것이 문제지. 그 대답에 대해 누구도 책임지지 않고 있으니까. 더구나 한국 경제가 침몰하는 상황에도 대통령 선거로 인한 정치적인 상황이 이를 방치하고 말았어."

한국의 정치인들은 아직도 한국 금융 상황의 심각성을 제대로 인지하지 못하고 있었다.

오로지 대선과 연관된 일에 집중하는 모습을 보였다.

"여러 가지 요인들이 한꺼번에 닥쳤지만, 발 빠르게 대응하지 못한 것이 문제입니다. IMF도 상황 인식이 늦었습니다."

한국이 외환 위기가 닥친다는 것은 사실 IMF도 몰랐다.

IMF는 천 명의 이코노미스트를 고용해 182개 회원국이 금융위기에 빠질 위험이 있는지를 점검한다.

이들은 회원국을 직접 방문하거나 국제기관의 자료를 토대로 진단하며 이들 조사단의 보고서는 비밀에 부쳐졌다.

그러나 IMF에서 활동하는 수많은 경제학자들 중에서 아시아 외환 위기를 예고한 사람은 누구도 없었고, 더더욱 한국의 경제 위기는 전혀 예상하지 못한 일이었다.

오로지 소빈뱅크만이 이러한 경제 상황을 정확하게 예측하고 대비해 왔다.

"결국, 예상대로 흘러가는군. IMF가 많은 것을 요구하겠지?"

IMF 구제금융 요청은 기정사실로 받아들여야만 했다.

어떡하든지 최악의 상황을 막아보려고 했지만 큰 물줄기를 소빈뱅크가 바꾸기에는 역부족이었다.

"IMF는 동남아 국가에 요구한 것처럼 한국에도 부실 금융사들의 폐쇄를 요구할 것입니다. 태국과 인도네시아에서도 수십 개의 금융사들이……."

그레고리의 말처럼 IMF 구제금융을 받은 동남아 국가들은 부실 은행들이 폐쇄되자 직장을 잃은 엘리트 금융인들이 길거리로 나와 데모를 했다.

더구나 한국은 금융기관을 폐쇄해 본 역사가 없었다.

그때였다.

김동진 비서실장이 회의실로 급하게 들어왔다.

"정부가 IMF에 구제금융을 요청하기로 했습니다."

마침내 세계에서 가장 빠른 경제 성장으로 주목받은 한국이 그렇게 피하려고 했던 국제통화기금(IMF)에 긴급 금융 지원을 받을 수밖에 없는 길로 들어서고 말았다.

*　　　*　　　*

한국 정부는 11월 21일 밤 심각한 외환 위기를 타개하기 위해 국제통화기금(IMF)에 2백억 달러(20조)의 구제금융을 공식 요청했다.

2백억 달러는 IMF 대기성 차관 55억 달러와 미국, 일본 등의 신디케이트론 145억 달러를 합해 조성된다.

하지만 국제금융시장은 적어도 한국 정부가 요청한 금액의 3배인 600억 달러는 필요하다는 시각이었다.

며칠 전까지도 한국 경제의 건전성과 충분한 외환 보유액을 가지고 있다던 정부의 말은 허망한 메아리였다는 것이 확인되는 일이었다.

이미 외국 금융기관들은 9월부터 단기외채의 상환을 연장해 주지 않았고, 매달 상환 요구가 돌아오는 단기외채가 1백억 달러에 달했다.

미국과 일본 은행들이 한국에 신규대출을 중단해 버렸고, 이에 달러 차입선이 막힌 상황에서 한국은행은 외환 보유고를 털어 환율을 방어하다 그나마 있던 달러를 모두 소진한 채로 IMF를 맞이한 것이다.

일반 서민들은 IMF라는 생소한 단어를 접했고, IMF로 인해서 앞으로 어떠한 일들이 벌어질지 그 누구도 알지 못했다.

"헉헉! 숨소리가 이렇게까지 거칠어졌네."

고른 숨소리가 아닌 거친 숨소리가 입 밖으로 튀어나왔다. 한국 경제가 급박하게 돌아가자 회사 일을 핑계로 3일 동안 새벽 운동을 쉰 것이 바로 나타났다.

집 뒤편으로 이어지는 북한산 자락을 쉬지 않고 뛰어서 오르는 것은 웬만한 체력으로는 힘에 부치는 일이었다.

흑천의 습격 사건 이후 새벽 운동을 할 때는 늘 티토브정과 드미트리 김이 경호를 위해 동행했다.

"후! 운동을 쉬는 건 몸이 바로 알려줍니다."

고른 숨을 내쉬는 티토브 정이 호흡을 가다듬으며 말했다.

"그렇게 말입니다. 그래서 운동이 정직한 것 같습니다."

"예, 꾸준한 운동만이 건장한 육체를 만들어주니까요."

"후— 우! 이 맛을 느끼기 위해 이곳까지 올라섭니다."

크게 숨을 들이쉬며 신선한 새벽 공기를 마음껏 폐로 흡입했다.

몸속 깊숙이 파고드는 차가운 공기가 세포 하나하나에 새로운 생명을 불어넣고 있었다.

"회장님 덕분에 저도 무뎌진 몸을 많이 회복했습니다."

함께한 드미트리 김이 몸을 풀며 말했다.

새벽 운동을 함께한 날부터 드미트리 김의 호흡도 달라지기 시작했다.

송 관장이 전수해 준 호흡법이 이젠 익숙해졌기 때문이다.

"오늘도 쉬는 줄 알았습니다. 이야!"

그때 익숙한 목소리가 들려왔다. 김만철이 뒤쪽에서 걸어오면서 기지개를 켰다.

"피곤하실 텐데 그냥 푹 주무시지 왜 올라오셨습니까?"

김만철은 나 때문에 늘 늦게 집에 올 수밖에 없었다.

한국 경제의 위기가 더욱 짙어질수록 나의 퇴근 시간은 점점 늦어졌다.

"저도 운동을 쉬니까 몸이 찌뿌둥해서요."

"빨리 이전처럼 새벽 운동을 할 수 있게 되어야 하는데 말입니다."

일주일 내내 산에 올랐던 거와는 달리 10월 이후부터는 일주일에 한두 번씩 빠지는 일이 잦아졌다.

그만큼 회사에 머무는 시간이 많아졌다.

"이제는 좀 좋아지는 방향으로 나아가는 것입니까?"

"아니요. 오늘 이후로 한국은 경제 분야에 있어서 IMF의 신탁통치를 받게 될 것입니다. 이 위기를 스스로 극복하지 못했기 때문입니다."

미국의 입김을 대변하는 IMF가 2백억 달러를 아무런 담보 없이 빌려줄 리 결코 만무했다.

담보의 대가는 바로 한국의 경제 주권이었다.

"그럼 앞으로 어떻게 되는 것입니까?"

"지금보다도 혹독한 경제적 어려움을 맞이할 것입니다. 이 나라의 국부를 가져가기 위한 경제적 전쟁이 본격적으로 시작되는 날이기도 합니다."

나는 막 떠오르는 붉은 해를 바라보며 말했다.

IMF는 미국과 유럽의 선진국 채권은행단의 이익을 대변하고, 미국의 시장경제 논리를 한국에 주입하는 것이 중요한 임무였다.

더구나 IMF는 한국에 2백억 달러의 구제금융 조건으로 금융과 자본시장의 완전 개방을 요구했다.

이것은 외국인들이 대기업과 은행 주식을 마음껏 살 수

있도록 외국인 보유 한도를 폐지하라는 것이다.

이는 바로 매일 바닥으로 곤두박질하고 있는 한국의 대기업과 은행 주식을 닥치는 대로 사들이기 위함이었다.

* * *

"소빈뱅크는 움직이지 않았습니다. 생각보다 루빈과 그린스펀이 역할을 잘해주었습니다."

골드만삭스를 이끄는 짐 오닐 회장이 웨스트를 이끄는 마스터에게 진행 상황을 보고했다.

"루빈은 언제나 맡은 일에 충실한 친구지. 그를 백악관으로 보낸 것도 그 이유야."

미국의 재무장관인 로버트 루빈은 골드만삭스에서 66년부터 92년까지 일하며 회장을 역임했다.

이후 정계에 진출 백악관 경제 정책보좌관을 거쳐 현재는 재무장관을 맡고 있었다.

"예, 루빈의 역할이 없었다면 한국은 쉽게 승낙하지 않았을 것입니다. 이제부터 홍콩과 일본에서의 손해를 충분히 만회할 수 있게 되었습니다."

추수감사절 연후였던 1997년 11월 말부터 로버트 루빈 미국 재무장관과 앨런 그린스펀 연방준비제도이사회(FRB) 의

장은 휴일임에도 불구하고 한국 정부가 IMF 조건을 받아들이도록 압력을 넣는 데 여념이 없었다.

루빈 장관과 그린스펀은 몇 차례나 한국 경제를 책임지고 있는 임창열 부총리에게 전화를 걸어 IMF 조건 수락을 요구했다

이와 함께 루빈 장관은 데이비드 립튼 차관을 서울에 파견해 IMF의 이행 조건을 받아들이라는 미국 재무부의 입장을 전달했지만, 이는 빨리 항복 문서에 서명하라는 압력이었다.

미국 재무부와 연방준비은행의 수장들이 직접 나서는 것은 IMF 이행 조건이 미국의 입맛에 맞게 만들어졌다는 것을 의미했다.

그리고 그 이면에는 미국을 움직이는 웨스트가 자리 잡고 있었다.

"한국에서 얻을 수 있는 수익은 어느 정도나 되지?"

"대략 3천억 달러 정도로 추정하고 있습니다. 세계 11위권의 경제국답게 우량한 자산들이 상당합니다."

"적은 금액은 아니군. 그중 절반은 이스트가 가져가겠지."

"예, 한데 소빈뱅크가 어떤 식으로 나올지가 문제입니다. 소빈뱅크의 이고르가 저희보다 먼저 임창열을 만나 협상을

벌였습니다. 저희 예상과 달리 소빈뱅크는 한국을 돕지 않았습니다만 이대로 두고 보지는 않을 것입니다."

"음, 표도르 강이 자신의 고국이 짓밟히는 것을 보고만 있지는 않겠지."

마스터는 강태수를 표도르 강으로 불렀다.

"하지만 혼자서 모든 것을 막아낼 수는 없습니다. 한국에 이어 이제 곧 러시아도 벌꿀 채취가 시작될 것이니까요."

아시아와 러시아 또한 유럽과 미국의 투기적 금융자본가로부터 일명 세계화라는 명목으로 정부와 민간에 조건 없는 막대한 자금 차입이 이루어졌다.

이 돈은 경제적 거품을 조장했고, 과잉공급과 투기를 유발했다.

그리고 이를 이용해 금융자본 세력과 환투기 세력은 외환 위기를 조성하여 경제 불황과 재산 가치의 폭락을 유도했다.

그리고 지금 경제 위기가 닥친 아시아 나라들의 국부와 우량 자산들을 말도 안 되는 가격에 취하고 있었다.

특히나 통통하게 살이 오른 동아시아 경제 중 한국 경제는 뜯어먹을 것이 많았다.

이것은 웨스트와 이스트가 세계를 지배하기 위한 무서운 안배였다.

"하하하! 러시아만 손에 넣으면 이 게임은 끝이 나게 된다. 이제 놈이 어떤 식으로 반응할지 살펴보는 것도 재미있는 일이야."

뉴욕 월 스트리트가 한눈에 내려다보이는 골드만삭스 본사 빌딩에 황제처럼 앉아 있는 마스터의 기분 좋은 웃음소리가 울려 퍼졌다.

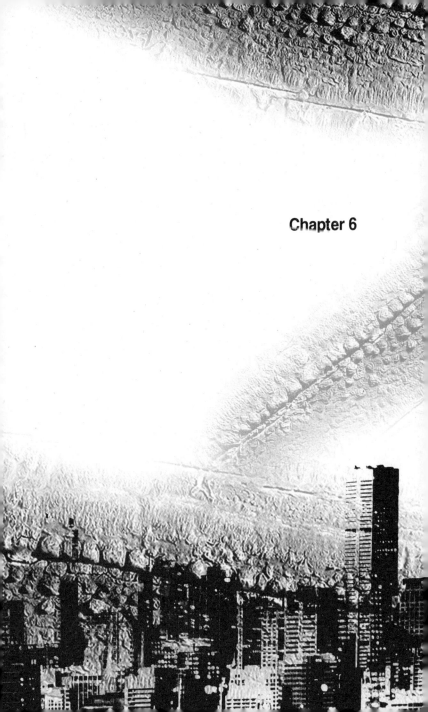

Chapter 6

한라그룹은 비상이 걸렸다.

닉스홀딩스에 한라에너지를 매각한 대금으로 10월을 넘겼지만, 11월에 들어서부터 자금 경색이 더욱 심화되었다.

이 와중에도 민주한국당 한종태 대선 후보에게 대선 자금으로 180억 원을 지원했다.

"한일은행이 더는 돈을 내어줄 수 없다고 합니다. 그 이유가 내년 3월 말까지 대손충당금과 유가증권 평가손 충당금을 100% 쌓아야 하기 때문이라고 합니다."

한종태의 주선으로 한일은행에 어렵게 대출과 여신 지원

을 열었다.

"그게 무슨 뚱딴지같은 소리야?"

김웅석 비서실장의 말에 정태술 회장의 눈이 순간 두꺼비처럼 크게 떠졌다.

"IMF의 이행 조건 중 하나라고 합니다. 내년 6월까지 국제결제은행(BIS)의 자기자본비율 8%를 지키도록 합의했다고 합니다. 이를 지키지 못하는 은행들은 업무 정지와 함께 통폐합시킨다고 합니다."

"뭔 소리야? 쉽게 말해봐."

"은행도 국제 기준에 맞지 않으면 폐업시키겠다고 정부가 33개 시중 은행들에게 통보했다고 합니다."

"은행을 폐업시킨다고?"

"예, 그 때문에 종금사와 은행들이 대출은커녕 기존 여신을 거둬들이고 있습니다. 정부도 IMF 이행 조건 때문에 지금 상황에 대해 손을 쓸 수 없다고 합니다."

IMF가 한국에 요구한 조건 중에 하나가 특정 기업 및 산업에 대한 정부 보조금 금지였다.

또한 부실 은행의 폐쇄와 대출 건전성 확보를 내세웠다.

이러한 상황이 되자 종금사들은 업무 정지를 당하지 않기 위해 80조 원에 달하는 기업 여신 회수를 무차별적으로 진행하고 있었다.

"미친놈들! 다 함께 죽자는 소리잖아. 한라제지 매각은 어떻게 되어가고 있어?"

올해 1,500억 원의 매출을 올린 한라펄프제지는 미국의 최대 제지 회사인 보워터사와 매각 협상을 벌이고 있었다.

"IMF 구제금융을 신청한다는 정부 발표가 있자마자 협상을 일방적으로 중단했습니다. 지금보다 더 싼 가격이 아니면 인수를 하지 않겠다고 합니다."

"이 새끼들이 날로 먹으려고 들어! 한라제지는 매년 흑자를 낸 회사야."

한라펄프제지는 한라그룹에서도 알짜배기로 통하는 회사였다.

정태술 회장의 말처럼 매년 백억 원 이상 흑자를 내오고 있었다. 올해도 어려운 경제 상황에서도 98억 원의 이익을 냈다.

한라펄프제지는 연간 25만 톤의 생산 능력을 보유하고 있으며 한국과 아시아 시장에 신문지를 공급하고 있다.

"시간이 지나면 더 내려간 가격에 충분히 살 수 있다고 여기는 것 같습니다."

"보워터 말고는 다른 회사는 없는 거야?"

"현재 관심을 가진 회사는 보워터사 외에는 없었습니다. 시장에 기업 매물이 쏟아지다 보니, 상황이 여의치가 않습니다."

"보워터가 얼마를 더 원하는데?"

"지금보다 20% 더 내려간 가격을 요구했습니다."

한라그룹은 2,700억 원에 보워터사와 인수 협상을 벌였다.

이 또한 초기 협상 가격인 3천억 원에서 3백억 원이 내려간 가격이었다.

"그 가격에 팔면 공장 증설에 들어간 자금을 갚고 난 후엔 뭐가 남는데. 다들 개지랄들을 떨고 있어."

한라펄프제지는 늘어나는 신문지 공급에 발맞추어 재작년 말에 공장 증설에 들어가 올 초부터 새로운 공장이 가동되고 있었다.

한라펄프제지는 공장 증설에 7,500만 달러를 투자했었다.

"문제가 당장 내일모레 231억 원의 어음을 처리해야 합니다."

"후! 끝이 없어. 하나를 해결하면 두세 개가 터지잖아."

혈압이 올라오는지 정태술은 뻐근해지는 뒷목을 연신 주무르며 말했다.

한국이 IMF 구제금융을 받아들이자 세계 여론은 앞다투어 한강의 기적은 끝났다고 진단했다.

저임금을 무기로 떠오르는 중국과 앞선 기술력을 갖춘 일본 사이에 낀 한국의 앞날은 남미의 국가들처럼 이류 국가로 전락하는 날만 기다리는 모습이었다.

*   *   *

이스트와 웨스트가 세계를 지배하기 위해 치밀하게 세워 놓은 신자유주의 덫에 한국은 제대로 걸려들고 말았다.

이는 곧 이스트와 웨스트의 영향력 아래에 있는 미국과 유럽의 금융 세력들을 중심으로 한 금융자본이 세계적 차원의 금융규제 철폐를 통해 세계 금융의 헤게모니(주도권)를 장악하려는 전략이었다.

무한경쟁, 민영화, 금융자유화를 내세운 신자유주의는 언론에 흔히 등장했던 세계화와 일맥상통했고, 이는 신자유주의 산물이다.

한국 정부는 이 세계화의 위험성을 이해하기는커녕 제대로 파악할 능력도 없었다.

오히려 세계화가 곧 한국 경제의 선진화를 앞당기는 길이라고 오판했다.

OECD 가입과 금융시장 자유화로 이어지는 김영삼 정부의 정책은 전혀 준비되어 있지 않은 상태에서 이루어졌고,

한국의 금융시장을 세계 금융자본 세력의 공격에 무방비로 노출되게 만들었다.

금융자본 세력은 이제 한국을 자신들의 풍성한 먹잇감으로 여겼다.

한마디로 한국 경제는 질 수밖에 없는 머니 게임 속으로 빨려 들어가고 있었다.

—안타깝지만 현재로서는 저도 힘을 쓸 수가 없습니다. 대통령 선거가 끝난 뒤에나 문제를 수습할 수 있을 것 같습니다. 일단은 어떻게든 버텨보십시오.

"이런 쌍! 내가 그딴 소리나 들으려고 180억 원을 아가리에 처넣는 줄 아나!"

퍽!

정태술은 회장은 민주한국당 한종태 대선 후보와의 면담에서 들은 이야기에 화가 나 뒷좌석 유리창을 주먹으로 내려쳤다.

당장 부도 위기에 처하자 정태술은 지푸라기라도 잡는 심정으로 대선 준비로 바쁜 한종태를 찾아갔다.

"괜찮으십니까?"

앞좌석에 앉아 있던 김웅석 비서실장이 깜짝 놀라며 물었다.

"내가 크게 잘못 판단한 것 같아."

"뭘 말씀이십니까?"

"지금 돌아가는 분위기로는 한종태가 대통령이 되어도 우리를 돕지 못할 것 같은 느낌이야."

IMF 구제금융을 받아들이겠다고 발표한 이후 정부는 IMF와 본격적인 협상에 들어갔다.

하지만 이러한 상황에도 금융시장과 주식시장은 나아질 기미가 전혀 없었다.

외환시장은 연일 개장과 동시에 하루 최대 상승폭까지 오르면서 곧바로 휴장에 들어가는 최악의 상태가 계속되고 있었다.

더구나 부도유예협약이 IMF로 인해 유명무실화될 것이란 말이 흘러나왔다.

한라그룹은 최악의 시나리오로 부도유예협약까지 생각하고 있었다.

부도유예협약이 적용되면 2개월까지는 해당 기업의 어음이나 수표를 돌려도 부도 처리되지 않았다.

"저희가 그동안 들인 공을 몰라주지는 않을 것입니다."

"나도 그렇게 생각하고 싶은데, 상황이 여의치가 않잖아. 모레 돌아오는 420억 원을 못 막으면 끝이야."

하루하루 살얼음을 위를 걷고 있는 한라그룹이었다.

계열사 자산과 정태술 일가의 보유 주식을 헐값에 팔아가면서 간신히 일주일을 버텨냈다.

하지만 돌아오는 어음 금액도 점점 커졌다.

"IMF와 협상을 하는 도중에 지희가 쓰러지면 정부가 더 힘들어집니다. 오늘 중에 반드시 지원해 줄 것입니다."

한라그룹은 자체적으로 버티기 힘들어지자 금융당국에 손을 내밀 수밖에 없었고, 1,500억 원의 협조융자를 신청했다.

"음, 느낌이 안 좋아. 한라제지 매각대금은 언제 들어오지?"

한라그룹은 보워터사의 요구를 수용할 수밖에 없었다. 최종 가격은 420억 원이 깎인 2,300억 원으로 타결되었다.

"최종실사가 끝나는 다음 주 금요일입니다. 최대한 앞당겨 달라고 이야기를 하고 있습니다."

"너무 늦어. 실사는 이미 끝난 거나 마찬가지잖아. 이번 주로 당기라고 해."

"실사보다는 이사회의 최종 결정이 필요하다고 합니다. 보워터사의 이사 회의 모임이 다음 주에 잡혀 있어 이번 주는 힘들 것 같습니다."

하루가 급한 한라그룹은 빨리 자금이 들어오길 원했다. 하지만 보워터는 한라그룹의 마음처럼 움직여 주지 않고 있었다.

보워터사는 급할 것이 없었다.

만약 한라펄프제지가 부도로 이어지면 지금보다 더 싼 가격으로 인수할 수 있기 때문이다.

"방법을 빨리 모색해 봐. 고려증권도 부도가 확정되었다고 하니까."

고려증권은 증권업계 8위에 올라선 회사였다.

1963년 50여 개 증권사가 무더기 파산한 증권파동 이후 증권회사가 부도로 이어진 경우는 지금까지 없었다.

"예, 고려증권이요? 금융 쪽의 희생은 없을 것이라고 했는데."

고려증권의 부도가 일어나면 금융기관은 망하지 않는다는 신화를 깨는 일이었다.

정부는 경제에 근간이 되는 금융회사는 어떻게든 살리려고 했다. 하지만 IMF는 부실 금융기관 모두를 폐쇄하도록 압력을 넣고 있었다.

"그래, 한종태가 그러더군. 이미 살릴 회사와 죽일 회사를 정부가 정한 것 같다고. 나보고 버티라는 말밖에는 해줄 말이 없다는 걸 보면 우리가 생각했던 것보다 심각해. 한라제지의 매각대금을 담보로 돈을 융통해 봐. 이자 몇 푼 아낄 때가 아니야."

"예, 바로 알아보겠습니다."

한라그룹뿐만 아니라 정부가 모니터링하고 있는 20여 개
의 재벌 기업들은 하루하루가 살얼음판이었다.

*   *   *

"IMF에서 설비 과잉으로 국제 시장 가격을 하락시키는
반도체와 자동차 사업에 대한 감산 문제를 들고 나왔습니
다. 구제금융을 받는 조건으로 정부 지원금의 폐쇄를 강력
하게 주장하는 것 같습니다."

김동진 비서실장의 보고처럼 IMF는 빠르게 국제 경쟁력
이 상승 중인 반도체와 자동차 사업의 조정을 원했다.

한국은 정부의 금융지원 덕분에 두 업종에서 큰 성장을
이루었다.

"충분히 그러고도 남습니다. 이번 기회를 발판 삼아 한국
기업의 경쟁력을 떨어뜨리려고 할 것입니다. 지금 벌어지
고 있는 메모리 칩 가격의 폭락을 이겨내는 회사만이 앞으
로 살아남을 것입니다."

한국과 일본은 물론 뒤를 바짝 따라오는 대만의 메모리
반도체 공급업체들의 과잉생산으로 인해 메모리 반도체 제
품 가격은 가파르게 떨어지고 있었다.

한국과 일본에 6개월에서 1년 정도의 격차가 벌어진 대만의 반도체 업체들은 메모리 가격의 폭락으로 인해 32억 달러의 대규모 적자를 기록 중이었다.

본격적인 64MD램의 생산 체계를 갖춘 한국과 일본에 비해 대만은 내년이 되어야만 64MD램을 생산할 수 있었다.

서서히 반도체 치킨 게임에서 대만이 밀려나는 형국이었다.

하지만 한국의 반도체 업체 또한 일본 업체와의 과도한 경쟁으로 8월 40달러였던 64MD램 가격이 10월에는 30달러 선으로 떨어졌고, 11월에 들어서는 64MD램의 가격이 20달러로 아래로 내려가자 큰 부담으로 작용하기 시작했다.

"동부그룹이 의욕적으로 추진하던 메모리 반도체 사업도 해외채권 발행과 유통에 차질이 발생한 것 같습니다. 자금 제공 의사를 밝혔던 외국 은행들도 동부그룹의 주거래은행인 조흥은행에 지급 보증을 요구해 조흥은행 쪽이 이에 응하지 않고 있습니다."

동부그룹은 야심차게 메모리 반도체 사업에 도전장을 내밀었다.

이미 국내외로 포화 상태인 메모리 반도체 사업인데도 1조 9천억 원의 자금을 들여서 충북 음성에 반도체 공장을 건립

중이었다.

동부전자는 IBM에서 기술을 도입, 1999년에 64MD램을 자체 생산한다는 목표였지만 금융대란에 발목을 잡혀 외화 차입에 차질이 생겼다.

"국내 반도체 사업은 구조조정이 필요합니다. 과도하게 메모리 반도체에 치중된 상황에서 미래 성장 사업인 것처럼 너도나도 끼어든 것이 문제였습니다. 대선이 끝나면 새로운 정부에서 전 사업에 걸친 구조조정을 시작할 것입니다. 닉스홀딩스는 반도체와 정유 사업 인수에 집중해야 합니다."

지금의 사업 구조와 형태로는 이익을 크게 낼 수 없었다.

더구나 삼성, LG, 현대, 대산 등 은행 보증 3년짜리 회사채조차 매수처가 없어서, 수익률이 20%를 넘어 21.05%까지 폭등하여 사상 최고치를 경신하는 상황이었다.

사채 금리도 연초 월 1.2%에서 1.7%로 치솟았지만, 이 같은 높은 금리에도 돈을 구할 수 없었다.

월 1.7%는 연율로 환산하면 22%를 넘어서는 이자였다.

문제는 이러한 이자를 지급하면서 버틸 기업은 그리 많지 않다는 것이다.

"준비를 하고 있습니다. 어제 한화그룹에서 요청한 한화에너지 인수 제의를 인수합병팀에서 검토 중입니다."

한화그룹은 주력 계열사인 한화에너지를 매각하는 결정을 내렸다.

한화그룹 또한 칼같이 돌아오는 어음 결제일로 인해 어려움을 겪고 있었다.

"가격이 적정하다면 인수하십시오. 주유소 건립은 어떻게 진행되고 있습니까?"

닉스에너지의 김정민 대표에게 물었다.

한라에너지에서 인수한 주유소 중 공사가 중단된 주유소 건립을 바로 진행했다.

"서울과 수도권 지역을 비롯한 전국 5대 광역도시들의 주유소는 12월까지는 모두 마무리될 예정입니다. 그 외의 지역은 내년 3월까지 차례대로 오픈할 계획입니다."

한라에너지의 간판과 마크를 모두 닉스에너지로 교체하는 작업도 진행 중이었다.

"서두르지 마시고 준비에 부족함이 없게 하십시오. 닉스정유에서 처음 생산되는 휘발유를 닉스에너지에서 판매할 수 있게 되니 감회가 새롭습니다. 닉스정유와 닉스에너지는 룩오일 Inc에서 도입되는 값싼 원유와 천연가스에 대한 이익을 충분히 활용해야 합니다."

룩오일 Inc에서 추진했던 동시베리아 파이프라인이 중국을 거쳐 신의주로 이어지는 시점에 닉스정유 또한 완공을 맞이했다.

IMF라는 큰 시련이 닥친 상황에서 닉스정유의 완공 소식
은 언론에 크게 다뤄지지 않았다.

룩오일 Inc에서 공급되는 원유는 중동산보다도 황 성분
이 직은 고품질의 원유였고, 가격도 15%나 저렴했다.

"한국의 석유화학 사업은 저희로 인해 큰 변화를 맞이할
것입니다."

닉스정유의 대표인 홍도욱의 말처럼 가격 경쟁력에 있어
월등한 우위에 있는 정유와 에너지 사업은 닉스홀딩스의
새로운 성장 동력이었다.

더구나 재벌들의 무더기 참여로 공급과잉 상태인 석유화
학 사업은 IMF 사태를 맞이하여 새롭게 재편될 수밖에 없
었다.

여기에 산업별 구조조정과 기업 간 빅 딜에 대한 이야기
가 정부와 재계에서 조금씩 흘러나오고 있었다.

더구나 닉스홀딩스는 인수합병 자금으로 1백억 달러를
준비하고 있었다.

*　　　*　　　*

10년 만에 42%나 떨어진 원화의 가치는 달러화와 비교

해 50%가 폭락했다.

이 두 가지 요소의 결합으로 폭락한 주가가 달러로 환산할 때 3분의 2가량 떨어지자 한국 기업들을 쇼핑하려는 미국과 유럽의 기업 및 금융계 인사들의 한국행이 급증했다.

세계 최대 컴퓨터 메모리칩 생산 업체인 삼성전자의 주식 평가액은 23억 6천만 달러에 불과했고, 25억 1천만 달러였던 LG반도체는 7억 4천만 달러로 떨어졌고, 100대의 비행기를 소유한 대한항공은 보잉 747기 2대 값도 안 되는 2억 4천만 달러로 폭락했다.

한마디로 돈 있는 사람은 누구라도 한국 기업을 주시하게 되었다.

하지만 개인 투자자들은 이러한 결과에 참혹할 뿐이었다.

"야! 다 한강에 가서 빠져 죽었으면 좋겠냐?"

개장과 동시에 주식 전광판이 시퍼렇게 물들자 증권객장에 앉아 있던 사람들의 고함이 사방에서 터져 나왔다.

퍽! 우당탕!

"이, 시발 놈들! 참는 데도 한계가 있는 거야!"

한 사내가 객장에 있는 놓여 있는 철제 휴지통을 TV에 집어 던지며 소리쳤다.

"주식시장을 아예 열지 마!"

사람들이 너도나도 의자에서 일어나서 소리치자 증권사 직원들은 어쩔 줄을 몰라 했다.

한동안 보이지 않던 투자자들의 집단행동이 전국 증권사 객장에서 벌어지고 있었다.

다른 증권사 지점에서는 직원들이 전광 시세판을 아예 꺼버리고 개점 휴업하는 상황까지 놓였다.

*　　　　*　　　　*

투신사들도 주가 폭락과 금리 급등으로 사실상 운용을 포기한 상태였다.

"아휴! 매도 주문을 걸면 뭐 해, 아무도 안 사잖아."

개장하자마자 하한가로 추락한 거래 주식은 1시간째 단 한 주도 거래되지 않고 있었다.

"팔지도 살 수도 없는 상황인데, 이럴 거면 당분간 주식 시장을 폐장해야 해."

동부투신의 두 직원은 멍한 표정으로 모니터를 보고 있었다.

4백 선 아래로 달려가는 주식시장에 깡통 계좌가 속출하면서 증권 관련 업무를 담당하는 금융정책실에서는 주가 폭락을 항의하기 위해 걸려오는 전화에 업무가 마비되었다.

한편으로 증권거래소를 집단으로 방문해 격렬히 항의하는 투자자들로 관계자들이 곤욕을 치르고 있었다.

*　　　*　　　*

달러 환율이 크게 상승하자 블루오션과 닉스에서 생산되는 제품의 주문이 큰 폭으로 늘어났다.

신의주 공장의 완공으로 생산량의 여유를 갖던 닉스였지만 북미 지역의 주문이 폭발적으로 늘어나자 야간 작업에 들어갈 수밖에 없었다.

북미뿐만 아니라 유럽에서도 주문량이 전반기보다 36%나 늘어났다.

대신 IMF 구제금융을 받은 동남아시아의 주문은 소폭 감소했다.

"허허! 이거 나라 꼴이 이러니 좋아할 수도 없고."

닉스의 한광민 대표는 주문량을 체크하며 말했다.

"닉스가 수출을 많이 해서 달러를 벌어들여야지요. 신제품들도 앞당겨 출시하십시오. 이참에 북미 지역의 판매율을 더 올려놓는 것도 나쁘지 않을 것 같습니다."

75~180달러 사이에 공급하던 신발 가격이 환율 상승으로 인해 평균 20달러 정도로 낮아졌다.

가격이 저렴해진 만큼 바이어들의 주문이 늘었고, 북미 지역에서의 판매 가격도 15% 이상 저렴해진 효과가 나타났다.

"그래, 우리처럼 전문적으로 수출을 진행하는 회사들이 힘을 써주어야지. 히여간 강 회장의 선견지명은 대단해, 이런 일이 벌어질 것을 예상한 것처럼 모든 것을 준비해 놓았잖아. 정말이지 강 회장을 알면 알수록 무섭게 느껴질 때도 있다니까."

한광민 대표의 말처럼 닉스는 주문량이 늘어날 것을 대비한 조치를 일찌감치 준비해 놓았다.

신발을 생산할 수 있는 숙련공들뿐만 아니라 신발 제작에 들어가는 부자재 공급망도 완벽하게 갖추어놓았다.

"하하하! 절 무서워하신다면서 표정은 아니신데요."

"너무 뛰어나다는 소리야. 사실 신의주 공장에 인력을 더 추가해야 한다는 말이 나올 때 내가 반대했었잖아. 한데 이렇게 주문량이 쏟아져 들어올지 누가 알았겠어."

부산 공장의 3배 크기인 신의주 공장은 50%의 인력만으로도 충분히 주문량을 소화할 수 있었다.

하지만 내가 25%를 더 충원하도록 지시했다. 당시의 주문량으로는 과도한 인력 배치였다.

하지만 지금 그러한 조치가 폭발적으로 늘어나는 주문량

을 감당할 수 있는 상황이 된 것이다.

주문량을 맞추기 위해 생산직 직원을 뽑아도 3개월은 생산과 연관된 교육을 받아야 했고, 반년은 일해야 제대로 된 신발을 만들어낼 수 있었다.

"사실은 진짜로 전 알고 있었습니다."

"정말 진짜로 알고 있었던 거야?"

한광민 대표는 놀란 토끼 눈이 되어 내게 되물었다.

"하하! 농담입니다. 어느 정도는 예상했지만, 이 정도까지 주문량이 늘지는 몰랐습니다. 숙련된 인력을 준비한다는 생각으로 한 일입니다. 북한의 인건비가 저렴하지 않았다면 가능하지 못했을 것입니다."

사실 충분히 예상했던 일이었다.

하지만 북미 지역에서의 주문량이 2배로 늘어날지는 예측하지 못했다.

"하여간 신의주 공장이 없었다면 이런 호황을 놓치고 말았을 거야."

"이러한 호황이 늘 있는 일상으로 만들어야지요. 내년에는 30억 불 수출탑을 받아야 하지 않겠습니까?"

닉스는 작년 10억 달러 수출탑을 받았고, 올해는 한광민 대표가 수출의 공로로 금탑산업훈장을 받았다.

더구나 올해는 예년과 달리 수출 실적에 따라 받는 1백억 달러 수출탑과 50억 달러 수출탑을 수상한 업체가 나오지 않았다.

블루오션은 올해 처음으로 1억 달러 수출탑을 수상했다.

닉스의 매출은 작년보다 32% 신장한 13억 2천만 달러를 기록했다.

12월이 가기 전 14억 달러는 충분히 달성할 기세였다.

"하하! 받으면 좋겠지만 가능하겠어? 올해보다 2배나 더 늘어나는 건데."

사실 올해 10억 달러 수출탑을 받은 기업은 LG칼텍스정유와 현대정유, 그리고 오리온전기 단 세 회사뿐이었다.

10억 달러가 넘어서는 수출 실적은 국내 굴지의 대기업도 이루기 힘든 일이었다.

국내 신발 업체와 의류패션 업체 중에서 닉스의 매출과 수출 실적을 따라올 회사는 없었다.

더구나 북한의 저렴한 인건비로 인해 닉스의 올해 이익은 작년보다 2.5배로 늘어났다.

닉스는 현재 풍부한 현금을 가지고 있었고, 7억 3천만 달러를 소빈뱅크에 예치하고 있었다.

"충분히 가능합니다. 지금보다도 달러 환율이 더 올라가 가격에 대한 이점이 더 커지게 됩니다. 이 기회를 살려 북미 지역에 대한 광고를 늘리고 새로운 디자인을 적용한 신발 라인을 확대하면 30억 달러 이상도 충분히 가능할 수 있습니다."

한국은 물론 미국과 유럽의 닉스 디자인센터에서 다양하고 뛰어난 신발 컬렉션들이 탄생하고 있었다.

세 곳의 디자인센터에서는 각자의 개성과 고유의 감각을 가진 디자이너들이 경쟁하고 있었다.

세 곳의 디자인센터에서 근무하는 직원들만 450명을 넘어서고 있었다.

"지금보다 환율이 올라간다고?"

"예, 수출업체들에는 좋은 일이지만 수입업체들에는 정말 힘들 일이 될 것입니다."

환율 상승에 따른 업종별 전망이 엇갈렸다.

최대 수주를 기록한 조선업과 철강, 섬유, 자동차는 수출이 늘고 있었지만, 해운, 건설, 제지업종은 좋지 않았다.

더구나 원료를 대부분 수입에 의존하는 제약과 유화업종은 가장 안 좋은 상황으로 흘러가고 있었다.

"맞아, 달러로 원료나 재료를 사와야 하는 회사들은 죽을 맛일 거야. 은행도 문을 닫는 소리가 나오는 마당인데. 그래서 내가 외부 사람을 만나면 표정 관리를 안 할 수가 없어."

닉스는 저녁까지 불을 밝히며 바쁘게 돌아갔지만 다른

회사들은 그렇지 못했다.

더욱이 부산의 신발 사업이 축소된 상황에서 닉스만이 독야청청하듯이 우뚝 서나갔다.

"이럴 때일수록 저희가 나라에 더 큰 도움이 되어야 합니다. 직원들을 더 고용할 방법도 모색해야 하고요."

"후! 그래야지. 나도 이 나라가 이 지경이 될 줄은 몰랐으니까."

IMF로 인한 부산의 신발 산업은 더욱 침체된 상황이었다.

이러한 상황에서 닉스와 거래를 하는 업체와 그렇지 못한 업체 사이에는 엄청난 차이가 벌어졌다.

일거리가 넘쳐나는 닉스 협력 업체들은 IMF에 대해 그다지 걱정하는 분위기가 아니었다.

더구나 현금 결제는 물론이고 협력 회사에 대한 기술 지원과 자금 지원까지 받는 상황은 부러움의 대상이었다.

"매물로 나오는 부동산을 활용해 물류창고를 확대하십시오. 명동에서 시도한 것처럼 블루오션과 닉스커피와 함께 하는 닉스스토어를 전국으로 확대하는 방안도 마련해 보시고요."

닉스의 현금 자원은 풍부했다.

국내시장의 석권과 북미와 동아시아에서의 주문이 두세

배로 늘어난 덕분이었다.

유럽에서는 아디다스와 점유율 싸움을 벌이고 있었지만, 독일 내에서만 아디다스가 앞설 뿐 다른 나라에서는 닉스가 선두에 올라섰다.

"하긴 명동의 닉스스토어가 다른 판매장을 압도하고 있어. 한데 어떻게 매번 시장을 선도하는 판매 방식을 생각해낼 수 있는 거야?"

"하하! 그건 영업 비밀입니다. 아, 그리고 명동의 닉스영화관처럼 멀티플렉스영화관을 닉스 주도로 만들어보십시오."

"일을 갑자기 너무 주는 거 아니야?"

"일자리를 새롭게 만들어야죠. 미국 닉스에서 내년 1월에 새로운 영화사를 설립할 것입니다. 그곳에서 만든 영화들을 국내에 상영할 계획을 하고 있습니다."

마블코믹스와 DC코믹스를 인수한 후 워너브러더스 픽처스와의 인수 합병까지 시도했지만 성공하지 못했다.

이에 따라 마블과 DC코믹스를 바탕으로 한 자체적인 영화사이자 배급사인 닉스엔터테인먼트를 준비하고 있었다.

"허허! 이제 영화 사업까지 손대는 거야?"

"예, 영화 사업은 일반 제조업보다도 막대한 파급력과 수익을 창출할 수 있습니다. 이미 스티븐 스필버그 감독과 합작으로 영화를 찍고 있습니다. 내년 8~9월 정도에 국내에 선보일 수 있습니다."

현재 스티븐 스필버그의 야심작인 라이언 일병 구하기를 닉스아메리카에서 투자해 찍고 있었다.

이와 함께 닉스픽사에서 제작 중인 벅스 리이프와 뮬린도 내년 개봉을 앞두고 있었다.

이미 월트 디즈니와 공동 제작한 토이 스토리 1편의 전 세계 흥행으로 닉스픽사는 큰 명성과 함께 3억 6천2백만 달러의 흥행 수입을 올렸다.

올 초 디즈니에서 토이 스토리의 판권을 모두 가져왔다.

현재 북미 디자인센터는 토이 스토리를 바탕으로 한 제품들을 디자인해 출시하고 있었다.

"허허! 도대체 난 뭐가 뭔지 모르겠어. 강 회장이 이야기하는 것을 들으면 앞으로 얼마나 닉스가 성장할지 상상이 안 돼."

"닉스는 하나의 제품만을 만들어내는 회사가 아닙니다. 스포츠와 문화콘텐츠까지 디자인하고 생산해 내는 회사가 될 것이니까요."

닉스는 영국의 명문 프로축구단인 멘체스터 유나이티드 인수에 성공한 후, 현재 미국 프로농구단 인수를 타진하고 있었다.

그 대상은 닉스와 같은 이름을 쓰고 있는 뉴욕 닉스였다.

*　　　　　*　　　　　*

민주한국당 대선 후보인 한종태의 선거캠프에 미르재단에 소속된 인물들이 대거 참여했다.

미르재단을 이끄는 황만수 미르재단 이사장은 선거대책본부장이 되어 선거캠프를 진두지휘했다.

대선캠프에는 현직 국회의원은 물론이고 교수, 법조인, 관료, 언론인, 장성 출신의 인물들이 대거 몰려들었다.

"부동층이 30%나 된다는 것이 문제입니다. 지금은 대략 1~2% 정도 앞선 것으로 조사되고 있지만, 이 정도의 수치로는 승리를 장담할 수 없습니다."

상황실장인 이태경의 보고였다. 이태경 실장은 보수신문사의 편집부장 출신이었다.

"그리고 저희가 김대중 후보의 군 문제를 걸고 넘어가자 야당에서도 대표님의 군 문제에 대해 계속해서 의혹을 제기하고 있습니다."

홍보본부장인 송정호 본부장의 말을 이었다. 그 또한 언론인 출신이다.

한종태는 훈련소를 거쳐 자대배치 후 곧바로 의병 전역

했다.

의병 전역은 질병 및 기타 심신 장애로 군 복무를 감당할 수 없을 때 현역을 면제받아 귀향하는 것이다.

한데 한종태가 의병 제대를 한 기준이 모호했고, 그에 대한 기록도 남아 있지 않았다.

"음, 그쪽을 건드려 봤자 우리에게도 이익이 없습니다. 이쯤에서 그만두고 사상 검증 쪽을 밀어붙이세요. 빨갱이라는 말은 항상 선동하기 좋은 말이니까."

황만수 선거대책본부장 옆에 앉은 정승조 기획실장의 말이었다.

그는 선거에 대한 전략을 펼치는 인물로 지금까지 한종태의 선거와 당권을 장악할 수 있도록 도운 책사였다.

"한데 한 대표님의 아버님에 대한 친일 이야기가 조금씩 흘러나오고 있습니다."

"뭐? 그건 이미 정리된 일이잖아?"

황만수 선거대책본부장이 왼편에 앉은 윤성효 특보를 쳐다보며 물었다.

그는 미르재단의 핵심 인물이자 흑천의 비응조(飛鷹爪)였다.

한종태의 아버지인 한석원은 일본강점기 시절 일본 군부에 방산물자를 헌납하고 강제 동원을 선동하는 등 친일 행위를 자행했다.

하지만 해방 후 군사정권이 자리 잡으면서 그와 관련된 자료와 증인들이 하나둘 사라졌고, 어느 순간 독립운동가로 둔갑하는 일이 벌어졌다.

"예, 입증할 만한 서류나 증거는 일절 없습니다."

"도대체 어디서 이런 이야기가 나오는 거야? 지금 선거가 바로 쿠앞이야. 여기서 삐딱선을 타면 모든 게 도루묵이 되는 것 몰라?"

황만수의 목소리가 커졌다.

한석원의 친일 행위는 꼭꼭 숨겨두어야 하는 이야기였다.

이 이야기가 흘러나와 여론화되면 선거에 큰 파문을 일으킬 수 있었다.

"관심을 다른 쪽으로 환기할 겸 이쯤에서 적절한 사건 하나를 계획하지요."

정승조 기획실장의 말이었다.

"어떻게?"

"대표님에 대한 테러가 좋겠습니다. 일찌감치 구해놓은 새정치국민당의 핵심 당원을 이용해서……."

정승조는 대통령 선거와 관련된 여러 가지 계략을 준비하고 있었다.

그중 하나가 한종태를 향한 테러였다.

이것은 곧 큰 사건을 만들어서 불리한 이슈를 덮는 전략
이었다.

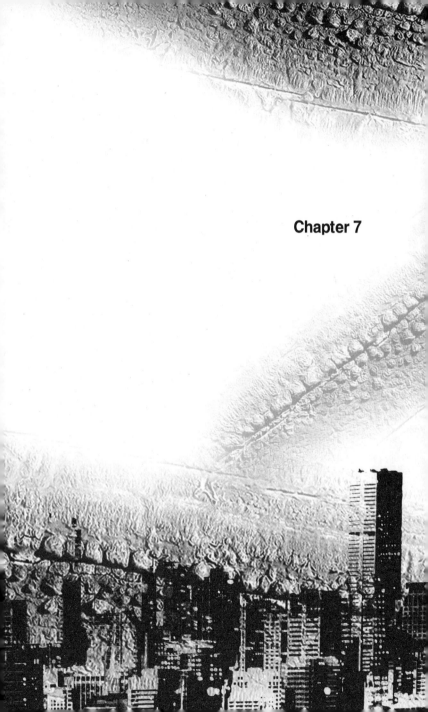

Chapter 7

IMF 협상팀의 부실 금융기관 폐쇄 요구에 재정경제원은 어떡하든지 은행 폐쇄라는 최악의 상황을 막기 위한 협상을 벌였다.

1개의 종합금융사만을 폐쇄하겠다고 맞섰지만, IMF 협상팀은 한국 금융기관의 경영 내용을 검토한 결과 12개 이상의 종금사가 지급불능 상태에 있다고 진단했다.

보유 외환이 1백억 달러 아래로 떨어진 상황에서 결국 IMF 협상단의 요구를 받아들여 30개의 종금사 중 9개에 대해 영업정지를 내렸다.

더불어서 이달 12월부터 외국인 주식 취득 한도를 전체 지분의 50%까지, 내년에는 55%까지 확대하기로 했다.

종목별 한도뿐 아니라 1인당 투자 한도까지 50%로 넓히기로 한 것이다.

이러한 조치로 인해 상장기업들 모두가 무방비 상태로 인수·합병(M&A) 사냥터에 내몰린 꼴이 되었다.

여기에 외환시장과 주식시장의 여건은 외국 기업과 외국인들이 한국 기업을 인수·합병하기에 더없이 좋은 상황이었다.

달러 환율이 폭등했지만, 주식값은 10년 전 수준으로 폭락하여 적은 돈으로 경영권을 확보할 수 있게 된 것이다.

주식시장에 상장된 법인 중 1백억 원 미만의 돈으로 50%의 지분을 인수할 수 있는 기업만 3분의 1에 달했다.

더구나 그룹 주력 기업들의 대주주 지분이 대부분 25%를 밑돌았기 때문에 인수·합병 세력이 마음먹고 공략하면 계열사들의 경영권을 빼앗아 올 수 있었다.

문제는 경영권뿐만 아니라 시세 차익을 노리기 위해 경영권을 담보로 위협한 후, 매집한 주식을 높은 가격에 강매하는 그린메일(Green mail)의 요구가 늘어날 것이 분명했다.

하루하루 부도 막기에도 벅찬 기업들이 자금을 동원해 경영권 방어를 한다는 것은 현재 상태로는 불가능에 가까웠다.

이미 대농그룹이 M&A 세력과 싸움을 벌이다 무너졌다.

"고려증권이 최종적으로 부도 처리되었습니다. 9개의 종금사 영업 조치 이후에도 종금사들의 인출 사태와 은행권 지원의 중단으로 21개의 종금사 대부분이 부도 위기에 몰렸습니다."

고려증권은 증권사로는 34년 만에 부도를 내고 쓰러졌다. 여기에 종금사들은 자금 부족으로 살얼음판을 걷고 있었다.

이는 은행에 담보로 맡겨진 주식의 막대한 주식평가손실에다가 부실기업에 대한 회사채지급보증이 겹쳐지자 종금사에 대해서 은행들이 콜자금 거래를 중단하고 있었기 때문이다.

"예상된 일이었지만 일의 진행이 너무 빨라. 종금사들이 막아야 할 자금이 얼마나 되지?"

"삼호와 금호종금 등 5개 종금사가 어제 한국은행의 도움으로 1조 1천억 원을 막았지만, 오늘 나라종금 등 3개의 종금사가 처리해야 할 어음도 5천억 원에 달하기 때문에 결제 부도 금액이 1조 8천억 원에 이르렀습니다."

소빈뱅크 그레고리의 보고였다.

소빈뱅크는 급격하게 돌아가고 있는 한국 경제의 상황을 매일 내게 보고했다.

"음, 문을 닫을 종금사가 9개로는 부족하겠군."

"예, 그나마 자금 운용에 여유가 있는 6개의 종금사를 뺀 나머지는 언제든지 부도가 나도 이상할 것이 없는 상황입니다. 종금사를 지원하라는 재경원의 입김도 은행들에게 먹혀들지 않고 있습니다."

문제는 재경원이 은행들에게 종금사에 대한 자금 지원을 독려해 놓은 뒤, 아무런 대책 없이 9개 종금사의 업무를 정지시키는 바람에 9개의 종금사에 1조 4천억 원의 자금이 묶였기 때문이다.

"한심한 상황이야. 아무리 IMF의 요구라지만 정부 관계자들이 대책 없이 상황을 악화시기고 있어."

"재경원과 한국은행, 그리고 청와대 경제팀 모두가 다들 엇박자를 낸 결과입니다."

김동진 비서실장의 말처럼 경제부처 간의 알력으로 인해 발 빠른 대처는커녕 이견 조율조차 제대로 이루어지지 않았다.

"우리가 교훈으로 삼아야 할 일입니다. 닉스홀딩스나 룩오일NY도 조직의 확대로 인해 효율적이지 못한 대응이 생길 수 있으니까요. 항상 조직 관리의 효율성을 증대시킬 방안을 미리미리 대비해야 합니다."

"예, 말씀한 것을 위해서 혁신전략팀에서 조직 운영에 대한 효율적 방안을 모색하고 있습니다."

닉스홀딩스와 룩오일NY는 시간이 갈수록 한국과 러시아만을 아우르는 기업인 아닌 글로벌화된 거대 그룹으로 나아가고 있었다.

이제 나 혼자서 동분서주해서는 거대 기업을 이끌 수가 없었다.

"혁신전략팀도 급격히 바뀌는 패러다임의 변화와 흐름을 늘 인지해야 합니다. 그래야 다른 조직이 혁신전략팀의 방안을 수용할 수 있습니다. 한화에너지의 인수는 어떻게 되어가고 있습니까?"

한화그룹은 다른 몇몇 대기업에도 인수 의사를 타진했지만 살 여력이 없었다.

현재 한화에너지를 인수할 수 있는 기업은 닉스홀딩스뿐이었다.

"한화 쪽에서 한화종합화학을 함께 인수하길 원하고 있습니다. 하지만 내년 중순 신의주 공장이 완공되는 상황에서 굳이 석유화학 분야까지 인수할 필요성이 떨어지기 때문에 협상이 길어지고 있습니다."

구조조정이 한창인 한화그룹은 한화에너지를 넘김으로

써 그룹 부채비율 700%를 400%로 낮추려고 계획하고 있었다.

"한화종합화학의 인수 자금은 얼마나 됩니까?"

"한화에서 2,800억 원을 요구하고 있습니다."

닉스홀딩스에서는 경쟁력 있는 정유 파트만 인수하려고 했다.

'지금은 아니지만, 미래가치를 보면 한화종합화학은 메리트가 있는 기업인데……. 경력자들을 활용하는 것도 나쁘지 않을 거고.'

"매각대금을 바로 지급하는 조건으로 가격 조정을 해보십시오. 저희가 굳이 화학 쪽을 인수할 필요성이 없다는 점도 강조하시고요. 시간이 지날수록 불리한 쪽은 한화 쪽이니 우리 요구를 받아들이지 않으면 인수협상을 중단해도 됩니다."

M&A 시장에는 팔려고 하는 기업들로 넘쳐났다.

더구나 외국인의 적대적 인수·합병이 가능하게 된 지금 소빈뱅크를 앞세워 우량한 기업들을 인수할 수 있었다.

"예, 말씀대로 진행하겠습니다."

인수·합병부서를 이끄는 정경준 닉스홀딩스 전무의 대답이었다.

"현재 제2의 신의주를 노렸던 개성공단 사업 진행이 중단될 것 같습니다. 정부가 추진하던 사업들 대다수가 자금 부족으로 축소되거나 중단될 위기에 놓여 있습니다. 경의선 개통 사업과 한반도 파이프라인 공사도……."

IMF는 한국 정부에 내년 초긴축 정책을 요구했다.

이로 인해 GDP에 1.5% 수준인 75억 달러(8조)의 예산을 줄여야만 했다.

이로 인해 정부 지원 사업인 경의선 개통 사업과 신의주에서 이어지는 한반도 파이프라인 공사도 차질이 생길 수 있었다.

"파이프라인과 경의선 복원 사업의 공사 진척도는 어느 정도입니까?"

"현재 한반도 파이프라인의 공정률은 67%이고 경의선 복원 사업은 73% 공사 진척도를 보이고 있습니다."

공사를 담당하고 있는 닉스E&C의 박대호 대표의 말이었다.

현재 한반도 파이프라인 공사는 닉스E&C가 전적으로 맡고 있었고, 경의선 복원 공사는 현대건설과 함께 공사 중이었다.

"음, 얼마 남지 않은 상황인데… 해당 부처는 뭐라고 합니까?"

"현 정부가 결정할 문제가 아니라는 말뿐입니다. 차기 정권이 들어서야지만 예산 집행이 확실해진다고 합니다."

북한에 대한 정부 지원 사업은 1차, 2차, 3차로 나누어져 자금이 집행되었다.

해당 사업은 룩오일NY와 북한, 그리고 남한 정부가 합작으로 진행되는 사업이었다.

하지만 상당수의 자금은 북한의 인프라 재건을 돕기 위해 남한에서 지원되었다.

"하지만 지금의 분위기로 봐서 예산 축소는 불가피할 것으로 보입니다. 언론에서도 북한보다 국내 문제가 더 시급하다는 기사들이 나오고 있습니다."

김영삼 대통령과 김평일 주석이 합의한 북한 인프라 재건 사업의 일환 중에 하나가 경의선 복원이었다.

서울에서 개성, 사리원, 평양을 거쳐 신의주까지 연결되는 한반도 종단 철도노선이다.

하지만 지금 IMF 구제금융을 받는 처지에 놓이자 3차 자금 집행이 불투명해졌다.

"정부 관계자와 접촉해 보십시오. 우리가 정부 지분을 인수하고 나머지 공사를 진행하겠다는 의사도 전달하십시오. 차라리 이참에 정부 지분을 모두 가져오는 것도 나쁘지 않을 것 같으니까요. 그리고 지분을 넘긴다면 대금은 달러로 지급하겠다고 하십시오."

"에, 접촉해 보겠습니다."

투자금에 따라서 지분이 나누어졌다.

한반도 파이프라인 공사에 따른 지분은 룩오일NY에서 50%를, 북한 정부에서 25%를, 나머지 25%를 남한 정부에서 가져갔다.

경의선 복원 철도공사는 신의주 특별행정구와 남한 정부에서 절반씩 부담했고, 그에 따른 지분을 가져갔다.

정부 지분을 가져온다면 서울에서 신의주를 기쳐 중국으로 수송하는 물품들에 대한 물류비용 이익을 닉스홀딩스가 독차지할 수 있었다.

신의주 특별행정구에 대한 지분 모두를 닉스홀딩스가 가지고 있었기 때문이다.

*　　　*　　　*

정부에서 IMF 구제금융 신청을 발표했지만, 상황은 크게 달라지지 않았다.

증권시장이 연일 무너지는 상황에서 상장사들의 시가총액은 66조 52억 원으로, 연초 117조 1천억 원에 비해 절반에 불과했다.

액면가 미만의 종목은 전체 957개로 전체 종목의 54.3%인

520개나 되었다.

문을 닫은 14개 종합금융사 앞으로는 전투경찰이 늘어서 있었다.

"아이고! 이 사람들아, 생활비는 찾아야 할 게 아니냐고."

이른 아침부터 논을 찾기 위해 몰려든 사람들은 출입구를 막고 있는 경찰의 허리띠를 붙잡고 울부짖었다.

갑작스러운 정부 발표에 놀라 돈을 인출하지 못한 사람들이 몰려든 것이다.

"이런 법이 세상에 어디 있어? 어제까지 문을 열어놓고서는 지금은 돈을 찾지 못한다니."

"돈을 못 찾으면 오늘 당장 부도가 난다고! 빨리 문 열어!"

사람들의 안타까운 외침에 종금사 앞을 막아선 전투 경찰들의 표정에도 안쓰러움이 묻어나왔다.

하지만 이들이 받은 명령은 종금사들의 재산을 지키는 일이었다.

종금사의 영업정지 여파로 투신사들도 예금 인출 사태가 벌어지고 있었다.

"저희는 종금사처럼 대출 기능이 없습니다. 맡기신 돈은 증권투자신탁업법에 따라 별도로 증권예탁원이나 은행에 보관하고 있어서 어느 금융기관보다 안전합니다."

투신사 직원은 한겨울인데도 땀을 뻘뻘 흘리면서 돈을 찾으려고 몰려든 고객들을 진정시키려고 안간힘을 쓰고 있었다.

"지금 은행도 망한다는데. 그냥 내 돈 내주세요."

투신사 직원들이 고객들에게 안전하다는 말로 설명을 했지만, 사람들은 막무가내였다.

"저희는 은행에 고객님의 재산을 맡길 때 이자를 받는 게 아니라 오히려 수수료를 내고 보관합니다. 설사 저희와 은행이 모두 파산한다고 해도 고객님의 돈은 안전합니다."

"다 필요 없고, 그냥 내 돈 달라니까. 종금사도 똑같이 안전하다고 했다가 이 지경이 됐잖아."

투신사와 종금사가 다르다는 것을 아무리 설명해도 돈을 찾으려고 온 사람들은 귀담아듣지 않았다.

전국에 있는 8개 투신사와 23개 투신운용사 등은 잇따른 예금인출 사태와 주식평가손실로 결정타를 맞았다.

금융시장의 혼란과 함께 국제통화기금의 여파로 금융기관 도산이 종금사와 증권사에 이어 투신사까지 번져갔다.

한국은 IMF를 받아들인 동남아의 다른 나라보다 금융시장의 혼란이 더욱 급격히 이루어졌고 뿌리째 흔들리고 있었다.

마치 누군가가 의도적으로 계획한 것처럼 한국 경제의 근간이 무섭게 타오르는 위기의 불길 속에서 하나둘 무너져 갔다.

*　　　*　　　*

IMF는 대통령 선거에 뛰어든 대선 후보들에게 IMF의 규정과 협상안을 성실히 이행하겠다는 각서를 받았다.

한 나라의 대통령 후보들이 각서를 쓴다는 것은 참으로 불행하고 치욕스러운 일이었다.

대통령을 향한 대권을 도전 중인 새정치국민당의 김대중, 민주한국당의 한종태, 국민신당의 이인제 등 3인이 가장 유력한 대권 주자였고, 대선일이 며칠 남지 않은 상황에서 김대중과 한종태의 싸움으로 좁혀지고 있었다.

"수도권이 관건입니다. 김대중에게 서울에서 조금 밀리는 여론조사가 나왔습니다."

승패의 열쇠를 쥔 수도권이 대선의 승패를 좌우하는 상황이었다.

한종태는 경기권에서 김대중 후보를 앞선 것으로 나왔지만, 가장 많은 유권자를 가진 서울에서는 뒤처지고 있었다.

"도대체 어떻게 된 거야? 서울은 우리가 이기고 있었잖아?"

이태경 상황실장의 보고에 황만수 선거대책본부장이 신경질적으로 물었다.

11월까지 선두를 달리고 있던 한종태의 지지율이 김대중 후보에게 근소한 차이지만 2위로 밀려난 것이다.

"12월부터 김대중 후보의 광고 버스가 갑작스럽게 등장한 짓이 영향을 준 것 같습니다."

"지금 시내를 돌아다니는 버스를 말하는 거야?"

"예, TV 광고에 나왔던 버스가 실제로 거리에 등장하자 사람들의 시선을 빼앗은 것 같습니다."

김대중 대선 후보의 TV 광고에 등장했던 대형버스를 이용한 옥외 포스터는 지금 이 시대에는 생각지도 못한 일이었다.

더구나 김대중 후보의 TV 광고는 닉스픽사에서 제작한 실사와 애니메이션을 교묘하게 섞어서 만든 대선 광고였다.

광고 내용은 토이 스토리에 나왔던 장난감 주인공들이 한국 여행 중에 김대중 후보와 함께 무질서와 아이들의 꿈을 빼앗으려는 악당을 물리치는 내용이다.

이 대선 광고는 4편의 시리즈 형식으로 제작했다.

애니메이션에 나왔던 광고 버스가 실제로 거리에 등장하자 사람들은 신기하면서 관심을 가질 수밖에 없었다.

특히나 아이들과 여성들이 무척 좋아했다.

"우리는 왜 못 하는 거야?"

"광고 차량을 준비하려면 2달이 걸린다고 합니다. 더구나 이 기술이 특정 업체에서 특허를 갖고 있어서 저희 쪽 광고업체는 할 수도 없습니다."

"광고 차량도 그렇고 TV 광고는 누가 만든 거야? 그런 광고는 지금껏 보질 못했는데 말이야."

"알아본 바로는 국내 기술로는 제작할 수 없는 광고라고 합니다. 미국에서 영화를 만들 때 사용하는 제작 방법이라고 합니다."

"무슨 소리야? 김대중을 미국에서 도와준다는 소리야?"

"미국은 아니지만 누가 도와주지 않으면 할 수 없는 일입니다. 김대중 후보 측에 특별한 인물이 있는 것 같습니다."

황만수의 질문에 홍보본부장인 송정호가 말했다.

"다들 이런 식으로 일할 거야? 특별한 인물이 누구인지 알아보고 대책을 세워야 할 거 아냐! 지금 얼마나 차이가 난 거야?"

심기가 불편한 황만수의 목소리가 커졌다.

"1~2%의 차이지만 서울의 유권자 수가 737만이기 때문에 20~30만의 표 차이가 날 수도 있습니다. 준비된 경제 대통령을 일찌감치 내세운 김대중 후보 측의 선거 전략이 30~40대 층의 부동표를 상당수 가져간 것 같습니다. 그리고 TV 선거방송과 참신한 홍보 전략이 여성층을 끌어들인 것도 주요했습니다."

핸섬한 이미지를 가진 한종태는 여성층에서 인기가 많았고 특히나 주부들이 좋아했다.

한데 김대중 후보의 TV 광고가 나간 이후 그러한 분위기가 달라지기 시작했다.

예상치 못하게 아이들이 재미있게 만들어진 TV 대선 광고에 푹 빠져들게 되자 주부들도 덩달아 관심을 두게 되었다.

그리고 50대에 이르는 옥외 광고 버스마다 토이 스토리에 나오는 주인공들과 캐리커처한 김대중 후보의 재미있는 모습이 그려졌고, 이 버스들은 서울을 비롯한 수도권을 종횡무진 내달렸다.

특히나 이 버스를 환호하고 좋아하는 것은 어린이들이었다.

"우린 왜 그렇게 못 해?"

황만수가 홍보본부장인 송정호를 쳐다보며 물었다.

옥외 광고 버스 이외에도 닉스에서 만든 선거 포스터와

홍보물마다 참신한 아이디어와 신선함이 녹아들어 있었다.

김대중 후보의 대선 포스터 또한 다른 후보들처럼 증명사진을 찍듯이 틀에 박힌 것처럼 웃고 있는 모습이 아니었다.

독특한 콘셉트로 웃는 모습을 배제하고 김대중 대선 후보가 두 손을 모으며 먼 곳을 상렬하게 응시하는 모습을 내세웠다.

다가오는 미래를 충분히 맞이할 수 있다는 자신감이 엿보이게 하는 포스터였다.

"버스를 이용한 옥외광고 전략은 누구도 생각지 못했습니다. 더구나 12월부터 갑자기 등장한 거라……."

닉스에서 비밀리에 제작한 50대의 광고 버스가 수도권을 쉬지 않고 돌아다니자 그 효과는 생각했던 것 이상이었다.

버스가 멈춰 서는 곳마다 아이들이 몰려들었고, TV 선거광고에 삽입된 노래가 버스에서 흘러나오면 아이들도 함께 따라 불렀다.

이러한 모습을 언론에서도 집중 조명했고, 이 때문에 김대중 후보가 한종태 후보보다 언론에 더 자주 노출되는 효과를 보고 있었다.

"그걸 말이라고 해! 우리는 왜 이런 생각을 못 해? 대책은 있는 거야?"

황만수의 말에 회의에 참석한 인물들이 꿀 먹은 벙어리처럼 아무런 대답을 하지 못했다.

그만큼 김대중 후보 측의 홍보 방법은 놀라움을 자아내게 하였다.

"지금은 시간적인 여유가……."

"시간이 없기 전에 미리미리 대비했어야지!"

홍보본부장인 송정호의 말에 황만수가 고함을 질렀다.

송정호는 선거판에서 유명한 홍보 전문가였지만 지금은 그의 실력이 빛을 발하지 못했다.

"상황에 변화를 줄 작품이 오늘 들어갑니다. 오늘 이후로는 여론의 관심이 우리 쪽으로 돌아올 것입니다."

침묵을 지키던 정승조 기획실장이 분위기를 바꾸기 위해 나섰다.

한종태를 향한 테러를 기획했고, 예행연습까지 마친 상태였다.

오늘 한종태는 남대문시장을 방문하여 상인들과 시장을 방문한 시민들을 만날 예정이었다.

"앞으로 일주일이야. 다 이긴 선거를 망치게 하지 마."

정승조의 말에 황만수의 목소리가 조금은 누그러졌다.

외환 위기로 IMF 구제금융을 받지 않았다면 한종태는 손쉽게 선거에 이길 수 있는 분위기였다.

그만큼 한종태는 올 초부터 강력한 대권 주자였고 당선 가능성이 가장 큰 후보였다.

*   *   *

IMF의 여파로 연말경기가 좋지 않았시만 남내문시장은 물건을 구매하려는 지방 상인들과 겨울옷을 사려는 사람들로 붐볐다.

여기에 민주한국당의 대선 주자이자 대통령 당선에 가장 접근했다는 평을 들었던 한종태가 시장을 방문하자 더욱 혼잡스러웠다.

한종태 대선 후보는 수십 명의 민한당 관계자들과 함께 시장을 둘러보며 시장을 방문한 사람들과 반갑게 인사를 나누었다.

"안녕하십니까? 반갑습니다."

"내년에는 좀 잘살게 해주십시오."

한종태가 한 상인에게 악수를 청하자 50대로 보이는 상인이 손을 잡으며 말했다.

"하하하! 걱정하지 마십시오. 한종태가 경제를 최우선으로 살리겠습니다. 이 한종태가 한다면 합니다."

"한종태! 한종태!"

"한종태를 대통령으로!"

한종태의 말에 함께 움직이는 지지자들이 함께 웃으며 한종태를 연호했다.

이러한 반응에 박수를 보내는 인물이 있는가 하면 인상을 찌푸리며 지나가는 사람들도 있었다.

"이것 얼마입니까? 저한테 잘 어울리는 것 같습니다."

한종태는 남자 옷을 파는 옷가게에 들어가 겨울 잠바를 입어보며 말했다.

젠틀한 이미지로 고급스러운 옷을 주로 입는 한종태는 오늘은 평범한 잠바 차림이었다.

"5만 원입니다만 후보님한테는 특별히 3만 원에 드리겠습니다."

"하하하! 마음만 받겠습니다, 정가에 주십시오."

한종태는 비서에게 받은 5만 원을 상인에게 건네며 그 자리에서 새로 산 잠바로 갈아입었다.

그는 쇼맨십에 능했고 선거를 어떻게 치러야 하는지 잘 알고 있었다.

짝짝짝!

이런 소탈한 모습을 자연스럽게 연출하는 한종태를 바라보던 사람들이 박수를 쳤다.

"생각했던 것보다 사람이 괜찮아 보이는데."

"그렇게, 생긴 게 좀 까다롭게 보였는데 말이야."

상인들과 물건을 사러 나왔던 사람들은 한종태가 보여주는 쇼맨십에 호감을 보였다.

한종태 대선 후보는 노점에서 파는 오뎅도 평소에 자주 먹는 것처럼 맛있게 먹는 모습을 보여주었다.

"하하! 오뎅이 아주 맛입니다. 국물도 좀 주시죠."

그런 모습을 동행하던 기자들은 기다렸다는 듯이 카메라 플래시를 터뜨렸다.

"대표님이 각본에 없던 것도 아주 잘하시는데요."

한종태의 뒤를 따르는 비서 중 하나가 팀장을 보며 말했다.

"그렇게 보여?"

"예, 평소와 전혀 다른 모습이셨어요."

언제나 젠틀한 모습을 고수하던 한종태였다.

평소 떡볶이와 오뎅 등 길거리에서 파는 음식은 절대 입에도 대지 않았다.

국회의원 선거 때도 시장을 방문한 적이 있었지만 이런 식의 모습은 연출하지 않았다.

"저런 모습을 보이실 만큼 선거가 급박하게 돌아가는 거야. 약속했던 장소가 얼마 안 남았으니까, 정신 똑바로 차려."

"예, 알겠습니다."

평소와 달리 한종태를 경호하는 인원이 적었다.

보통 스무 명 정도가 함께 움직였지만, 오늘은 그 절반뿐이었다.

시장이라는 특수한 상황 때문이기도 했지만, 오늘 경호는 평소와 같지 않았다.

한종태는 남대문시장에서 가장 넓은 길로 나오면서도 사람들과 계속 악수를 하며 걸었다.

넓은 길에 다다랐을 때였다.

"대표님, 저쪽입니다."

한종태의 옆에서 함께 걸으며 길을 안내하는 자문단장이 앞쪽을 가리키며 말했다.

그의 손이 가리킨 곳에는 엄마와 함께 남대문시장을 방문한 귀여운 여자아이가 서 있었다.

미키마우스가 새겨진 빨간 잠바를 입은 여자아이를 발견한 한종태는 자연스럽게 발걸음을 아이 쪽으로 옮겼다.

"뭘 사러 오셨나 보지요? 아이가 참 예쁘네요."

한종태는 아이의 머리를 쓰다듬으며 말했다.

"예, 안녕하세요. 아이 옷 좀 사려고요."

30대 중반으로 보이는 미모의 여자는 얼굴에 웃음을 띠며 말했다.

한종태를 바라보는 여자아이도 마치 한종태를 처음 보는

것이 아닌 것처럼 어색해하지 않았다.

"이름이 뭐니?"

한종태는 입가에 미소를 띠며 말했다.

"서지혜요. 다섯 살이요."

이름을 말한 아이는 한종태가 묻지도 않은 나이를 말했다.

순간 당황한 여자아이는 엄마를 올려다보았다.

대본상 한종태가 여자아이의 나이를 다시 묻는 상황이었다.

"하하! 이름이 예쁘구나. 한번 안아보자."

얼굴에는 웃음을 짓고 있었지만, 실수한 아이를 보는 한종태의 눈길은 순간 싸늘하게 변했다.

한종태가 아이를 안으려고 하자 여자아이는 마치 아빠에게 안기는 것처럼 자연스럽게 한종태에게 두 팔을 내밀었다.

하지만 주변에 있는 사람들은 조금 어색한 모습을 눈치채지 못했다.

그런 모습을 계속 지켜보던 한 사내가 한종태에게 접근하기 위해 다가서고 있었다.

사람들이 몰려 복잡한 상황에서도 사내가 접근하는 쪽으로는 한종태의 경호원들이 통제하듯이 길을 내고 있었다.

마치 사내가 한종태에게 접근하는 것이 어렵지 않도록 도와주는 것처럼 보였다.

말쑥한 차림의 남자는 코트 호주머니에서 뭔가를 꺼내 쥐었다.

40대 초반으로 보이는 사내의 손에 쥐어진 것은 공업용 커터 칼이었다.

한 발 두 발 한종태 대선 후보에게 다가가던 사내는 손에 쥔 커터 칼을 들고는 한종태에게 달려들었다.

"죽어!"

한종태의 주변에 있던 사람들은 사내의 등장에 깜짝 놀라는 표정을 지었다.

하지만 한종태는 사내를 기다렸다는 듯이 침착하게 안고 있는 아이를 보호하듯 자신의 품으로 감쌌다.

그 순간 사내는 한종태의 어깨를 향해 커터 칼을 휘둘렀다.

부— 욱!

옷이 찢겨 나가는 소리가 들리고 나서야 옆에 있던 경호원들이 움직였다.

사내는 다시금 한종태에게 커터 칼을 휘두르려고 했지만, 경호원에 제압당해 땅에 쓰러졌다.

그러자 쓰러진 사내는 큰소리로 외치기 시작했다.

"김대중 선생을 대통령으로!"

이런 모습을 동행한 카메라 기자들이 놓치지 않고 연신 플래시를 터뜨렸다.

기자들은 쓰러진 사내뿐만 아니라 어깨에서부터 옷이 찢겨 나간 한종태의 뒷모습 또한 놓치지 않았다.

여자아이를 보호하기 위해 사신의 등을 거더 칼에 내준 한종태의 모습은 극적인 장면이었다.

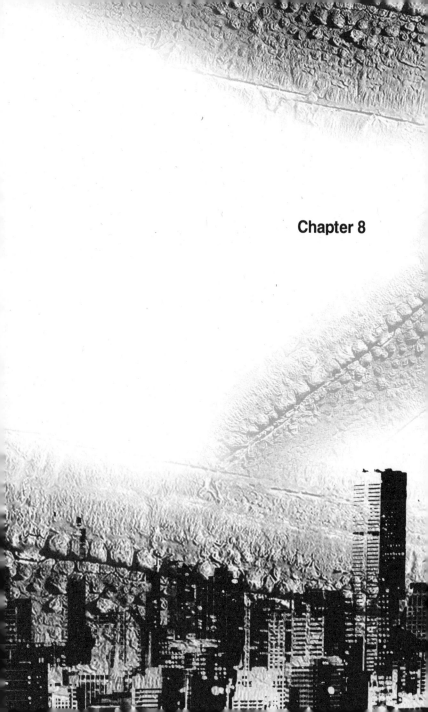

Chapter 8

사건이 벌어졌던 날과 다음 날에도 TV 뉴스와 신문들은 일제히 민주한국당 한종태 대선 후보의 피습 사건을 비중 있게 다루었다.

다른 정당들도 대선 투표가 얼마 남지 않은 상황에서 벌어진 사태였기 때문에 피습 사건의 여파가 대선에 어떤 영향을 미칠지 예의 주시하는 모습이었다.

보수 언론들은 한종태 대표가 여자아이를 보호하기 위해서 자신의 몸을 아끼지 않은 모습에 찬사를 보냈다.

신문사 사설에서도 위급한 상황에서도 당황하지 않고 침

착하게 위기를 대처하는 한종태의 모습은 지금 한국에 있어 가장 필요한 지도자의 덕목이라는 말로 칭찬을 아끼지 않았다.

"왠지 냄새가 나는데요."

여자아이를 보호하다 입고 있던 점퍼가 찢어지며 이께에 상처를 입게 된 모습은 혼란스러운 상황에서도 각 신문사와 방송 기자들에 의해 정확하게 사진으로 찍혔다.

스튜디오에서 촬영한 것처럼 극적인 장면의 사진은 연출된 느낌이 났다.

"그러게요. 무척 혼란스러운 상황이었을 텐데 사진을 보면 그래 보이지 않습니다."

나의 말에 김만철이 1면에 실린 사진을 손으로 가리키며 말했다.

위급한 상황인데도 사진에 찍힌 주변 사람들의 모습은 무척 차분해 보였다.

마치 이런 상황이 일어날 것을 예상했다는 듯이 말이다.

"한데 암살이나 큰 상처를 입히려고 했다면 커터 칼이 아닌 군용단검이나 회칼을 이용해야 하는데 말입니다. 더구나 계획적인 범행이라고 하기에는 사람들이 많은 장소에서 일을 벌였고, 생명에는 전혀 지장 없는 어깨를 노린 점도 이상합니다."

티토브 정 또한 이번 사건의 문제점을 이야기했다.

현장에서 붙잡힌 범인은 김대중 대선 후보를 당선시키기 위해 한종태를 죽이려고 했다는 자백을 했다.

하지만 주변에서 범행을 지켜본 사람들은 범인의 행동이 무척 어설펐다고 말했다.

"한종태를 죽이려는 목적이 아닌 것이 확실합니다. 제가 볼 때는 선거를 위해 계획된 일 중 하나인 것 같습니다. 선거가 며칠 남지 않은 시점에서 김대중 대선 후보의 지지율이 상승하자 국면 전환용으로 말입니다."

"저 또한 회장님의 말씀에 동감합니다. 현장에서 잡힌 범인의 신분이 새정치국민당의 당원이라는 것도 걸리는 부분입니다. 더구나 이런 행동은 오히려 김대중 대선 후보에게 악영향을 줄 것이 뻔한데 말입니다."

김동진 실장의 말처럼 현장에서 잡힌 범인은 새정치국민당의 당원이었다.

범인의 고향 또한 김대중 후보의 절대적인 지지 지역인 전남 광주광역시였다.

범인이 자백한 대로 김대중 대선 후보를 대통령으로 만들기 위해 결행한 일이라고 알려졌지만 누가 보더라도 최악의 수였다.

더구나 이번 일은 한국 정치사의 병폐인 지역주의를 더욱 부채질하는 사건이었다.

"우리처럼 생각하는 사람들도 있겠지만 이미 한종태는 언론에 의해 여자아이를 위기에서 구한 영웅이 되었습니다. 원하던 대로 지지율도 올라갈 기미가 보이고요."

대통령 선거의 낙락을 결정할 부동층에서 한종태를 지지하겠다는 응답이 많아졌다.

신문사들도 이번 일이 정체를 보이던 한종태의 지지율에 전환기가 될 것이라고 진단했다.

"이대로 흘러간다면 김대중 후보의 당선을 장담할 수 없습니다. 보수 언론들이 일제히 한종태의 지지율이 앞서고 있다는 보도를 내보내고 있습니다."

김동진 실장의 말처럼 1~2%의 지지율 차이는 선거 당일 유권자의 심리에 따라 변동될 수도 있는 일이었다.

더구나 역대 대선처럼 지지율이 앞선 후보에게 표를 더 주는 심리가 작용한다면 김대중 후보는 더욱 불리할 수밖에 없었다.

"음, 일이 쉽게 풀리지 않네요."

옥외 광고 버스의 등장으로 서울에서 역전을 가져온 결과가 이번 일로 상쇄될 수도 있었다.

그때였다.

드르륵! 드르륵!

내가 소유한 핸드폰이 울렸다.

핸드폰 번호를 알고 있는 인물은 스무 명이 채 안 되었
다.

"여보세요?"

ㅡ박영철입니다.

삼정실업(안기부)의 박영철 부장이었다.

"무슨 일이 있으십니까?"

ㅡ휴전선에서 총격전이 벌어졌다고 합니다.

"예, 그게 무슨 말씀입니까?"

ㅡ자세한 것은 아직 파악 중입니다. 6사단이 관할하는
중부전선 지역에서 발생한 것 같습니다.

"총격전이 벌어진 게 확실한 것입니까?"

ㅡ예, 총격전이 일어난 것은 사실입니다. 어느 정도의 총
격전이 벌어졌는지는 확인 중입니다.

"사망자나 부상자는 발생했습니까?"

ㅡ그것도 파악 중입니다. 국방부에 저희 쪽 친구가 급하
게 나갔습니다. 북쪽에 연락이 되시면 확인 좀 해주십시오.
대선을 앞두고 민감한 상황에서 벌어진 일이라 저희도 당
황스럽습니다.

박영철의 말처럼 대통령 선거가 얼마 남지 않은 상황에

서 휴전선에 총격전이 벌어졌다는 것은 보통 일이 아니었다.

더구나 남북한이 어느 때보다도 가까워져 있는 상황에서 말이다.

"알겠습니다. 새로운 정보가 있으시면 바로 알려주십시오."

―예, 연락드리겠습니다.

전화를 끊자마자 머리가 아파졌다.

"총격전이라니요? 무슨 일입니까?"

전화가 심상치 않다는 것을 인지한 김만철이 질문을 던졌다.

"중부전선에서 총격전이 벌어졌다고 합니다. 지금 박영철 차장이 내용을 파악 중이라고 합니다."

"설상가상으로 김대중 후보에게 불리한 사건이 연달아 터지네요."

김동진 비서실장의 말처럼 안보에 민감한 보수층이 한종태 대선 후보에게 표를 던질 수 있었다.

한종태는 기회가 있을 때마다 북한을 아직 전적으로 믿어서는 안 된다는 말을 해왔었다.

"북한이 이런 일을 저지를 상황이 아니잖습니까?"

김만철은 이해할 수 없다는 표정으로 내게 물었다.

남북한의 지도자들이 평양과 서울을 방문했고, 군비 군축에 합의해 군 병력마저 줄였다.

한반도의 신데탕트 시대가 도래했다고 평가하고 있는 상황에 총격전은 전혀 예상치 못한 일이었다.

"음, 우리가 알지 못하는 뭔가가 진행되는 느낌입니다. 우선 북한에 연락을 해봐야겠습니다."

먼저 사태 파악이 우선이었다.

누가 먼저 총격을 가했고, 왜 이런 일이 발생했는지를 정확히 알아야만 했다.

IMF 구제금융을 신청한 상황에서 안보 위기마저 터져 나오면 정부가 추진 중인 외화 조달 계획에도 큰 차질이 생길 수 있었다.

＊   ＊   ＊

개인 자가용 비행기를 타고 신의주 특별행정구에 도착하자마자 김평일 주석이 파견한 보위사령부 인물을 만났다.

계급은 소장으로, 보위부 내 일곱 개 조직 중 수사부를 지휘하는 인물로 이름은 정찬일이었다.

"중부전선에서 발생한 총격전은 저희가 일으킨 것이 아닙니다. 총격전이 벌어진 저희 쪽 GP에 있던 경계병들이 모두 살해되어 있습니다."

"그게 무슨 말입니까? 경비병이 죽어 있었다고요?"

"예, 총격전에 의해서 죽은 것이 아니었습니다. 모두 대검에 의해서 살해되었습니다. 누군가 GP에 침입해 경계하던 병사를 죽이고 국군 GP를 향해 총격을 가한 것입니다."

정찬일 소장의 말은 충격이었다.

"몇 명이나 죽었습니까?"

"GP 안에 있던 3명의 병사와 주변 철책선에서 경계를 서던 병사 2명까지 모두 다섯 명이 살해되었습니다. 처음에는 남쪽에서 올라선 특수부대 소행이 아닌가 의심했습니다. 한데 남쪽으로 총격을 가했다고 해서……."

정찬일은 지금까지 조사한 내용을 나에게 설명했다.

북한 당국도 갑작스러운 일에 당황하기는 마찬가지였다.

GP에 설치된 경기관총을 사용하여 50여 발을 남쪽으로 발사했다.

국군 특수부대가 그러한 행동을 할 이유가 없었다.

"범인은 알 수 없다는 것입니까?"

"예, 그 어디에도 침입자의 흔적을 찾을 수가 없었습니다. 계속 조사는 하고 있지만 특별한 점을 발견하기는 어려울 것 같습니다."

"음, 남한 정부에 이 사실을 전달하셨습니까?"

"예, 핫라인을 통해서 남한 국방부에 사실을 알렸지만, 저희 쪽 말을 믿지 않는 눈치였습니다."

정전협정에 위반되는 일이나 돌발적인 상황에 대비하기 위한 목적으로 인민무력부와 국방부에 핫라인이 설치되어 있었다.

"말씀해 주신 내용대로라면 쉽게 믿기 힘든 내용입니다. 국군도 아니고 북한군 내부의 소행도 아닌 상황이 되니까요. 하지만 북한군 GP에서 먼저 총을 발사한 것이 문제가 되겠습니다."

"저희도 그 점이 난감한 부분입니다. 저희 쪽 GP에서 총을 먼저 발사한 것은 사실이니까요."

"문제가 더 크게 되는 부분이 지금 남한은 대통령 선거를 치르고 있다는 점입니다. 더구나 이번 사건을 선거에 이용하려는 정치 세력이 있습니다."

이번 일은 남북한에 있어서 서로에게 좋지 않은 일이었다.

"저희도 그 점이 걸리는 상황입니다. 사실 일주일 전 전방부대 하나에 불순한 움직임이 포착되어 대대장을 비롯한 장교를 체포하는 사건이 있었습니다. 이들은 훈련을 핑계로……."

대대급 부대가 훈련이 아닌 실제로 남측 국군부대를 공

격하려는 움직임을 포착해 지휘관들이 보위부에 의해 전격 체포되었다.

"아직도 김정일 위원장의 그림자들을 다 지우지 못한 것입니까?"

김평일 주석이 북한의 정권을 잡았지만, 김정일이 숨겨 놓은 정적을 모두 제거하지 못했다.

특히나 김정일에게 절대 충성을 맹세한 그림자들의 제거는 쉽지 않았다.

"땅속에서 겨울잠을 자는 개구리처럼 모습을 숨기고 있어 색출해 내기가 쉽지 않습니다. 보위부 내에서도 그림자 제거 작업이 아직도 이루어지고 있습니다."

정찬일 소장은 현재 북한에서 벌어지는 일들을 서슴없이 말해주었다.

"음, 이번 일과 말씀해 주신 일을 연관 선상에 두고 생각해 보면 두 사건 모두 남쪽의 대통령 선거를 노린 것 같다는 느낌이 듭니다."

"그러면 어떻게 처리하는 것이 좋겠습니까?"

"사건 현장은 모두 치우셨습니까?"

"시체들은 치웠지만, 현장은 그대로 보존되어 있습니다."

"그러시면 남한 국방부에 합동조사를 하겠다는 의견을

제시하면 어떻겠습니까?"

"합동조사를 말입니까?"

"예, 신뢰를 회복하기 위해서는 북한에서도 뭔가를 보여 주어야 하니까요. 더구나 북측에서 주장하시는 이야기에 신빙성을 갖추기 위해서도 말입니다."

"음, 이건 저 혼자서 결정할 문제가 아닌 것 같습니다."

"결정은 빨라야 합니다. 아직 남한 언론에 보도가 되지 않았지만, 시간이 지나면 달라질 수 있습니다. 더구나 이번 사건은 대통령 선거에 분명 악영향을 끼칠 것입니다. 자칫 북한에 협조적이지 않은 인물이 대통령이 된다면 신의주 특별행정구역의 사업에도 안 좋은 영향을 줄 수 있습니다."

민주한국당 한종태 대선 후보는 정부의 대북정책을 비판하고 있었다.

퍼주기 식 대북 지원으로 인해 한국 경제가 더욱 좋지 않게 되었다는 말을 대선 유세 때마다 입에 올렸다.

지금은 북한 주민이 아닌 경제 위기에 처한 남한 사람들이 먹고사는 문제에 집중해야 할 때라고 주장했고, 이 말에 적잖은 지지를 받고 있었다.

만약 한종태가 대통령이 되면 현 정부의 대북정책이 달라질 것이 분명했다.

"무슨 말씀인지 알겠습니다. 지금 바로 평양에 연락을 취하겠습니다."

정찬일 소장은 곧장 전화기가 있는 방으로 향했다.

＊　　　＊　　　＊

"일이 터졌는데 언론이 왜 이렇게 조용해. 지금쯤 속보라
도 나야 하잖아?"

안기부 국내 담당 2실이 주축이 되어 만들어진 김대중 낙
선대책팀의 박대일 요원이 함께하고 있는 정일수에게 말을
건넸다.

새벽에 발생한 휴전선 총격 사건은 아직 어떤 언론에도
보도되지 않고 있었다.

"그러게 말이야, 보도 통제라도 나왔나. 국방부도 조용하
고."

"설마 청와대가 움직이는 건 아니겠지."

"그 양반은 이런 일까지 신경 쓸 여유가 없어. 오늘까지
기다려 보고 안 되면 언론에 흘려."

두 사람의 이야기를 듣고 있던 이창성 팀장이 말했다.

"예, 준비하겠습니다. 그런데 설렁탕은 언제 오는 거야?
시킨 지가 언젠데."

정일수는 벽에 걸린 시계를 지켜보며 말했다.

시계는 점심때를 한참 지난 2시를 가리키고 있었다.

그때였다.

삐리리!

벨이 울리는 소리가 났다.

"이제야 왔네. 창수야, 문 열어줘."

박대일의 말에 문 쪽에 있던 막내 요원 조창수가 여러 개의 잠근 장치로 잠긴 문을 열었다.

낙선대책팀은 충정로에 한 상가를 빌려 사무실로 쓰고 있었다.

"늦어서 죄송합니다."

문이 열리자 알루미늄 배달통을 든 인물이 큰 소리로 말하며 서슴없이 사무실로 들어왔다.

"자꾸 늦으면 다른 데 시킬 거야. 맛이 좋다고 배달이 늦으면 돼."

사무실 주변에 그나마 먹을 만한 곳이 설렁탕집이었다.

"죄송합니다. 단체 손님이 몰려들어서요."

배달원은 익숙한 것처럼 회의 테이블에 설렁탕 그릇을 내려놓았다.

조창수가 문을 닫으려고 할 때였다.

문이 다시금 활짝 열리며 일단의 인물들이 들이닥쳤다.

"뭐냐?"

컥!

조창수의 물음은 곧장 그의 비명이 되었다.

"너흰 누구냐?"

팀장인 이창성은 질문을 던지는 동시에 서랍에 넣어놓은 총을 꺼내려고 했다.

"아악!"

하지만 그는 다음 동작으로 이어갈 수 없었다. 뜨거운 설렁탕 국물이 이창성의 얼굴을 덮쳤기 때문이다.

이창성을 처리한 배달원은 책상을 뛰어넘으며 전광석화처럼 다음 동작으로 이어갔다.

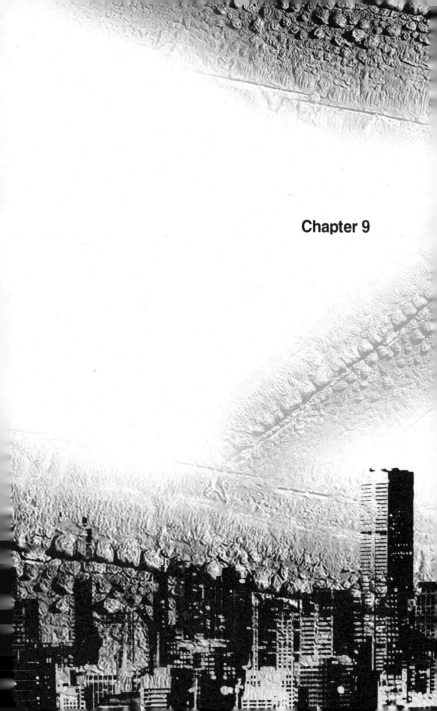

Chapter 9

"2명이 부상당했고 보관 중인 서류를 강탈해 간 것 같습니다."

김대중 낙선대책팀이 일단의 인물들에게 습격을 당했다는 박승규 실장의 보고에 서범준 제2차장의 표정이 일그러졌다.

"도대체 일을 어떻게 처리했길래 이런 일이 발생한 거야?"

"죄송합니다. 지금 사태를 파악 중에……."

"야, 이 새끼야! 사태 파악이 아니라 놈들을 잡지 못하면

너하고 나는 죽는 거야!"

서범준 차장은 박승규 실장에게 앞에 놓인 물컵을 집어 던지며 소리쳤다.

박승규 실장은 국내 정보를 담당하는 2실을 맡고 있었다.

픽!

물컵은 박승규 실장의 뒤를 지나 벽에 부닥쳐 박살이 났다.

"어떤 놈들인지는 모르지만, 낙선대책팀을 파악하고 있었던 것 같습니다. 어쩌면 저희 쪽 인물이 정보를 흘렸는지도 모르겠습니다."

박승규 실장은 서범준 차장의 행동이 당연하다는 듯이 보고를 계속했다.

"지금은 내부 놈들이 문제가 아니야. 무슨 짓을 하든지 간에 놈들을 잡고 낙선대책팀도 지워 버려. 증거를 절대 남기지 마."

충분히 가능성이 있는 일이었다.

안기부 내에는 서범준 차장을 반대하는 인물이 적지 않았다.

"내부 지원팀을 이용하면 문제가 발생할 수 있습니다."

"김기춘에게 연락해. 이런 일을 맡기려고 놈을 도와준 거니까. 놈들이 자료를 이용하지 못하게 언론사도 감시해."

"알겠습니다."

"5일이야. 5일만 버티면 우리 세상이야."

"예, 반드시 정리하겠습니다."

고개를 숙이는 박승규 실장은 입을 잉나불었다.

지금 여기서 잘못되면 자신뿐만 아니라 가족들도 위험해지는 상황이었다.

* * *

따르릉! 따르릉!

거제도에서 한성기업이라는 간판이 붙어 있는 작은 공장에 전화벨이 요란하게 울렸다.

"사장님! 서울에서 전화 왔습니다."

공장 한편에 있는 사무실의 문이 열리며 여직원이 소리쳤다.

"서울! 어딘데?"

"필동이라고 하는데요."

여직원의 말에 신세계파 비서실장이었던 김기춘의 표정이 굳어졌다.

공장에는 사장인 김기춘을 비롯한 아홉 명의 직원들이

옥포조선소에 납품할 제품을 용접하고 있었다.

"김기춘입니다."

─쌓인 눈을 치워야겠습니다. 주소는 동대문구 신설동 3─25번지…….

"언제 출발합니까?"

─급합니다, 바로 출발하세요. 해당 정보와 활동비는 알려 드린 사무실에 있습니다.

딸각!

말을 끝낸 상대방은 바로 전화를 끊었다.

거제도로 급하게 내려온 후 1년 만에 걸려온 전화였다.

중국으로 밀항하기 위해 배를 탔지만, 방향이 중국이 아닌 거제로 바뀌었다.

강남을 손에 넣은 가람협회와 국내 정보팀이 그렇게 찾아 헤매던 김기춘과 암살단은 안기부의 비호 아래 거제도로 숨어든 것이다.

"후! 평범하게 사는 것도 나쁘지 않았는데……."

수화기를 내려놓는 김기춘은 한숨을 내쉬며 말했다.

김기춘은 곧장 밖으로 나가 직원들을 불러 모았다.

"박 반장 팀은 나랑 서울 좀 가야겠다. 김 반장이 여기 일을 잘 좀 처리해 줘. 대성기업 정 사장이 사람을 붙여준다고 했으니까."

김기춘의 말에 박승훈의 표정이 달라지는 것이 보였다.

"급한 일이십니까? 지금도 일정이 빡빡한데, 4명이 한꺼번에 빠지면 납품 날짜 맞추기가 쉽지 않겠는데요."

2팀 반장인 김성호가 조금은 불만 섞인 표정으로 말했다.

"미안하게 됐어. 급하게 서울에 마무리 지어야 할 일이 있어서. 정 사장이 인원은 맞춰줄 거야. 일주일만 고생해 줘."

김기춘은 김성호의 말에 미안한 표정으로 말했다.

김성호 반장의 말처럼 손발을 맞춰온 인원이 빠지면 그만큼 일이 힘들어지기 때문이다.

"인원이 맞춰줘도 납기를 맞추려면 잔업이 생길 것 같은데요."

"잔업수당은 하던 대로 올려. 걱정하지 말고."

"예, 알겠습니다."

김기춘의 말에 김성호는 그제야 얼굴이 펴졌다. 잔업을 하면 시간당 1.5배로 돈을 더 받았다.

김기춘과 함께 서울로 향하는 3명 모두 신세계파에서 활동했던 암살단이었다.

*　　　*　　　*

"예상했던 대로 한종태 대선 후보의 테러는 자작극이었습니다. 한종태가 구했다는 여자아이와 아이의 엄마 또한 모녀관계가 아니었습니다. 여자는 사건 발생 후 다음 날 홍콩으로 출국한 상태이고 여자아이는 연기학원을 다녔던……."

김대중 낙선대책팀 사무실을 습격한 것은 국내 정보팀이었다.

박영철 차장의 정보를 바탕으로 이번에 새롭게 편성된 작전팀이 벌린 작업이었다.

작전팀은 군 특수부대와 전직 안기부 요원들로 이루어졌다.

코사크 정보센터에서 제공한 도청장치를 통해 낙선대책팀의 통화와 대화 내용도 모두 녹음해 두었다.

"낙선대책팀은 국내를 담당하는 1실과 2실 중 국내 정보를 다루는 2실이 중심이 되어 만들어진 팀입니다. 휴전선에서 벌어졌던 총격 사건도 이들이 개입한 정황은 있지만, 증거자료는 확보하지 못했습니다."

국내 정보팀을 이끄는 김충범 실장의 보고였다.

작전팀이 충정로 사무실에서 입수한 자료에는 휴전선에서 벌어진 총격전에 대한 자료는 없었다.

"음, 휴전선 총격 사건의 증거가 있었다면 모든 상황을 정리할 수 있었을 텐데요."

다행스러운 점은 북한 당국의 신속한 결정으로 국방부와 합동조사가 이루어졌고, 국방부에서도 총기 오발 사고로 언론에 발표했다는 점이었다.

평화적인 상황이 아닌 대치 상황에서 전략적 방어진지를 국군에게 보여준다는 것은 북한군에게 있어 쉬운 결정은 아니었다.

"예, 그게 아쉬운 점입니다. 하지만 도청을 통해서 확인한 결과 총격 사건은 낙선대책팀을 이끈 이창성이 모든 것을 알고 있는 것 같습니다."

"그는 지금 어디 있습니까?"

"얼굴에 화상을 입고 동대문에 있는 한일병원에 입원해 있습니다."

"이창성을 설득할 수는 없겠습니까?"

"쉽지는 않겠지만 시도해 보겠습니다."

이창성이 협조해 준다면 문제가 쉽게 풀릴 수 있었다.

"그리고 한종태의 테러 사건에 연관된 아이와 여자의 신병도 확보하십시오."

"예, 저희 쪽 요원이 홍콩으로 파견된 상태입니다. 여자 아이도 오늘 중으로 만날 예정입니다."

국내 정보팀은 코사크의 정보센터의 도움으로 여자의 행방을 찾아냈다.

*　　　*　　　*

와인 잔을 들고서 홍콩의 멋진 전경을 감상하고 있는 김혜정의 얼굴에는 미소가 지어졌다.

호텔 방 안에는 명품 가방을 담은 쇼핑백들이 침대 위에 놓여 있었다.

"이렇게 사는 것도 나쁘지 않네."

김혜정은 만족한 미소를 짓고 있었나.

그녀는 한종태가 남대문시장에서 테러범의 위협으로부터 구한 여자아이의 엄마였다.

하지만 그녀의 곁에는 귀여운 딸은 보이지 않았다.

띵- 동!

그때 그녀의 정취를 깨는 소리가 들려왔다.

"누구지?"

벨이 울리자 김혜정은 와인 잔을 내려놓고는 문 앞으로 걸어갔다.

"누구세요?"

김혜정은 경계하듯 물으며 문구멍을 통해 밖을 살폈다.

"룸서비스입니다."

문밖에는 호텔종업원이 과일바구니를 들고 서 있었다.

"시킨 적이 없는데요."

"호텔 창립 5주년 특별서비스입니다."

"아! 그래요."

경계하던 김혜정은 호텔 종업원의 말에 표정이 달라지며 객실 문을 열었다.

그 순간 호텔 종업원과 함께 두 명의 낯선 남자가 그녀를 밀치며 객실 안으로 들어왔다.

"악! 누구세요?"

그녀는 뒤쪽으로 엉덩방아를 찌며 자신을 밀친 인물을 바라보았다.

"김혜정 씨, 당신을 테러법 위반으로 체포합니다."

사내는 품속에서 꺼낸 신분증을 내보이며 말했다.

"무슨… 무슨 소리세요?"

당황스러운 표정의 김혜정은 놀란 사슴처럼 두 눈이 커졌다.

"저희가 설명을 하지 않아도 잘 아실 텐데요. 이틀 전 남대문시장에서 일어났던 한종태 대선 후보의 테러 사건에……."

말쑥한 양복 차림의 남자가 남대문시장 이야기를 꺼내자

김혜정의 눈이 더욱 커졌다.

＊　　　　＊　　　　＊

"이미 이현지 양과 부모의 자백도 확보했습니다. 자, 순순히 저희에게 이야기해 주면 즐거운 여행이 될 수 있게 해 드리죠."

자신을 조서현이라고 밝힌 사내가 이현지의 사진을 내보이며 말하자 김혜정의 눈가가 파르르 떨렸다.

사내는 모든 깃을 알고 김혜정을 찾아온 것이다.

"정말 모든 걸 이야기하면 절 데려가지 않으실 거예요?"

"물론입니다. 그리고 여기 김혜정 씨에게 여행 경비를 너 보태 드리지요."

조서현은 품속에서 봉투 하나를 꺼내 김혜정 앞으로 내밀었다.

"이게 뭐죠?"

순간 김혜정의 눈동자가 두툼한 봉투 위에 머물렀다.

"미화로 3만 달러입니다."

조서현의 말에 침을 삼키는지 김혜정의 목울대가 크게 출렁거렸다.

달러당 1,600원을 돌파한 상황에서 3만 달러는 5천만 원에 가까운 돈이었다.

"제가 어떻게 하면 되는데요?"

돈 때문인지 그녀의 말투와 표정이 확연히 달라지는 모습이었다.

"카메라를 보고 남대문에서 벌어졌던 일을 김혜정 씨가 알고 있는 대로 숨김없이 말씀해 주시면 됩니다."

"다 이야기하면 정말 돈도 주시고, 저를 그냥 보내주실 거죠?"

"물론입니다. 저희는 김혜정 씨의 증언이 필요할 뿐입니다. 하지만 지금 말씀하실 이야기를 번복하거나 다른 말이 들려온다면 그때는 정말 김혜정 씨는 어려워지실 것입니다. 우린 언제든지 김혜정 씨를 찾을 수 있으니까요."

조서현은 허리춤에서 권총을 빼내어 탁자 위에 올려놓았다.

"절대 그러지 않을 거예요."

총을 본 김혜정은 떨리는 목소리로 말했다.

"시간이 없으니, 한 번에 끝내죠. 자, 시작할까요?"

"예, 저의 이름은 김혜정입니다. 저는 12월……."

조서현의 말이 끝나자 김혜정은 호텔 종업원 옷을 입은 사내가 들고 있는 카메라를 보며 입을 열기 시작했다.

김혜정이 증언하는 사이 한국에서도 그녀의 딸로 연기했

던 이현지와 그의 부모가 카메라 앞에 서 있었다.

이현지와 그의 부모는 이틀 후 미국에 이민을 떠날 예정이었다.

*　　　*　　　*

동대문에 있는 한일병원에 입원한 이창성은 화장실의 거울을 통해 벌겋게 변한 자신의 얼굴을 바라보고 있었다.

뜨거운 설렁탕 국물을 얼굴에 뒤집어썼지만, 다행히 펄펄 끓는 국물이 아니라서 피부의 가장 겉면인 표피층만 손상된 1도 화상을 입었다.

"시발, 얼굴을 버릴 뻔했네. 그나저나 이렇게 있어도 되는지 모르겠네."

병원에 있었지만, 맘이 편하지 않았다.

침입자들에 의해서 사무실에 있던 중요 서류들이 털렸고, 김대중 낙선대책팀이 노출된 상태였다.

"후! 자료를 빨리 회수해야 하는데."

별다른 이상이 없으면 내일 퇴원을 할 생각이다.

대통령 선거가 모레로 다가온 지금 자칫 탈취된 자료가 언론에 유포되면 큰일이었다.

지금이라도 당장 현장에서 움직여야 했지만, 웬일인지

본부에서는 병원에서 충분히 치료를 받으라는 지시를 내렸다.

"아무 소리가 없는 걸 보면 지원팀이 가동된……."

화장실을 밖으로 나오자 낯선 인물이 병실 문 앞에 서 있었다.

"누구시죠?"

"……."

검은 모자를 깊숙이 눌러쓴 인물은 이창성의 말에 답이 없었다.

'뭐지? 설마…….'

이창성의 머릿속에서 비상벨이 요란하게 울리기 시작했다.

"누구신데……."

이창성은 말과 함께 몸을 창가 쪽으로 날렸다.

퍽!

우당탕!

하지만 검은 모자는 이창성의 움직임을 예측한 것처럼 그의 다리를 걸어찼다.

"큭! 내가 누군지 알아? 넌 국가 요원에게……."

침상에 몸을 부닥친 이창성은 빠져나갈 방법을 찾기 위해 검은 모자에게 말을 계속 붙였다.

"이창성 씨 쉽게 갑시다. 내가 누군지 알고 있을 텐데."

싸늘한 말투의 검은 모자는 쓰러진 이창성에게 서슴없이 다가갔다.

'정말, 날 지운다고…….'

검은 모자의 말이 믿기지 않았다.

지금껏 죽도록 충성했던 조직에서 단 한 번의 실수로 암살자를 보낸 것이다.

"이 새끼가!"

검은 모자가 다가오자 이창성은 바닥에 떨어졌던 가위를 집어 들어 휘둘렀다.

간호사가 이마에 난 상처에 붕대를 산 후 모르고 의료용 가위를 놓고 갔다.

하지만 회심의 일격을 가한 이창성의 동작은 빈 허공을 갈랐다.

"헉!"

그 순간 이창성의 아랫배에 충격이 가해지며 참을 수 없는 고통이 밀려왔다.

"후후! 시도는 좋았어. 자, 이제 편안히 잠을 자야지."

고통스러워하는 이창성을 내려다보는 검은 모자는 호주머니에서 일회용 주사기를 꺼내 들었다.

일회용 주사기에는 알 수 없는 액체가 담겨 있었다.

검은 모자가 바닥에 꼬꾸라져 있는 이창성의 팔을 잡는 순간, 창가 쪽에서 반짝이는 빛이 검은 모자의 눈을 비쳤다.

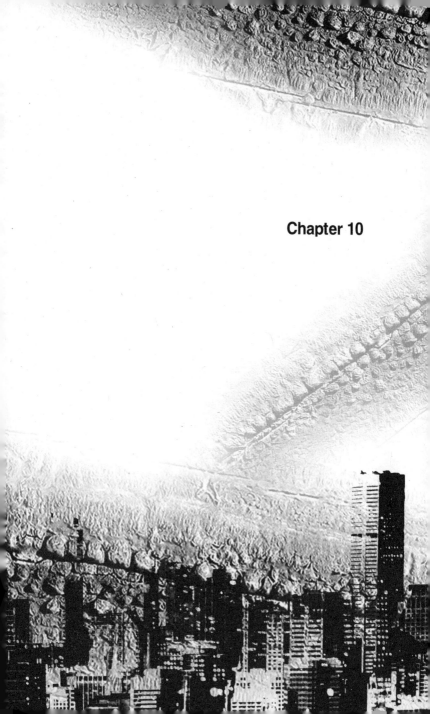

Chapter 10

검은 모자가 옆으로 몸을 구르는 동시에 유리창이 박살 났다.

그와 동시에 깨진 창문으로 섬광탄이 병실 안에 날아들 었다.

펑!

섬광탄이 터져 나가자 강렬한 빛과 소음이 병실을 가득 채웠다.

이창성과 검은 모자 모두가 눈을 감은 채 양손으로 귀를 막으며 괴로워했다.

그와 동시에 연기로 가득한 병실의 문이 열리며 복면을 한 세 인물이 자동소총을 들고는 괴로운 표정의 두 사람에게 다가갔다.

검은 모자가 반사적으로 반응을 보이려는 순간 그의 머리 위로 강력한 충격이 전해졌다.

퍽!

자동소총의 개머리판에 얻어맞은 검은 모자는 정신을 잃고는 그대로 바닥에 쓰러졌다.

"신병을 확보했다."

병실에 나타난 세 인물 모두 코사크 대원들이었다.

*　　　*　　　*

"이창성이 사라졌습니다."

다급한 음성으로 박승규 실장에게 보고하는 신대성은 이창성을 감시하던 안기부 요원이었다.

"뭐냐?"

"죽은 놈이 어떻게 사라져?"

이창성을 암살하기로 한 날이었다.

"암살이 실패한 것 같습니다. 일을 맡은 인물도 사라졌습니다."

"넌 뭐 했어?"

"잠시 화장실에……."

신대성이 화장실에서 대변을 보는 사이 누군가 밖에서 문을 열지 못하게 만들었다.

"움직일 수 있는 애늘을 다 동원해서 이창성을 찾아. 못 찾으면 네가 대신 죽는 거야."

"알겠습니다."

신대성은 대답을 하자마자 황급히 사무실을 나갔다.

박승규는 신대성이 나가자마자 수화기를 집어 들었다.

"아니야. 지금 보고하면 내가 모두 뒤집어쓰게 돼……."

박승규 실장은 수화기를 다시 내려놓고는 생각을 정리했다.

정리 작업마저 실패한 지금 서범준 차장에게 보고는 무의미했다.

'누군가 우리의 움직임을 손바닥 보듯이 보고 있어… 이미 판이 깨진 건가?'

박승규의 머리가 복잡했다.

지금 벌어진 일들을 다시 되돌리기에는 늦은 감이 들었다.

김대중 낙선대책팀의 자료가 유출되어 정리 작업에 들어갔지만, 오히려 상황은 더 악화되었다.

"만약 김대중이 당선되면 서범준 차장도 이 일을 막기에는 역부족일 거야. 그러면……."

이미 가진 패를 다 잃어버린 상황이었다.

내부의 인물이 도와주지 않으면 벌어질 수 없는 일들이 연달아 일어났다.

문제는 그 인물이 누구인지 모른다는 것이다.

"그래, 패를 다 보인 상황에서 게임을 계속할 수 없겠지……."

무언가 결심을 한 모습의 박승규 실장은 수화기를 들었다.

*　　　*　　　*

창문 하나 없는 방 안을 서성거리는 이창성은 불안했다.

지금이 아침인지 아니면 저녁때인지도 분간이 되지 않았다.

"여기가 도대체 어디야?"

방 안에는 탁자와 의자 두 개, 그리고 벽에 부착된 감시 카메라뿐이었다.

그때였다.

굳게 닫혔던 문이 열리며 두 명의 사내가 들어왔다.

"이창성 씨, 자리에 앉으시죠."

"너흰 누구냐?"

30대 초반으로 보이는 사내의 말에 이창성이 경계하듯
물었다.

"이창성 씨이 목숨을 연장시켜 준 사람이라고 말해도 될
까요. 자, 앉아서 이야기하시지요."

사내의 말에 이창성은 경계의 눈을 풀지 않고 마지못해
의자에 앉았다.

하지만 사내가 한 말은 틀린 말이 아니었다.

한일병원에서 이창성은 이 세상을 떠날 뻔했다.

"저는 김윤기라고 합니다. 긴말하지 않겠습니다. 중부전
선에서 벌어졌던 총격 사건의 자초지종을 듣고 싶습니다."

"그게 무슨 말입니까? 그리고 당신들은 어디에 소속된
사람들입니까?"

"다시 한번 묻습니다. 이번에도 묻는 말에 답을 하지 않
으면 이창성 씨를 원래의 자리로 돌려 보내 드리지요. 지금
이창성 씨가 속한 조직에서 이창성 씨의 행방을 열심히 찾
고 있으니까요."

"……."

김윤기의 말에 이창성은 꿀 먹은 벙어리처럼 말이 없었
다.

이창성은 자신이 정리 목록에 올랐다는 걸 잘 알고 있었다.

"자, 다시 묻습니다. 저희가 조사한 바로는 중부전선에서 벌어졌던 총격전은 북한군이 벌인 일이 아닙니다. 누가 저지른 일인지 소상히 말씀해 주시면 이창성 씨의 안전은 저희가 책임질 것입니다. 원하신다면 제3국으로 보내 드릴 수도 있습니다."

"지금 그 말을 믿어도 됩니까?"

김윤기의 말에 이창성의 말투와 표정이 달라졌다.

사실 믿고 안 믿고를 떠나서 이창성은 선택의 기회가 없다는 것을 잘 알고 있었다.

그래도 원하는 대답을 듣고 싶었다.

"물론입니다. 한 가지 더 말씀드리면 이창성 씨의 상관인 박승규 실장 또한 저희에게 협조하겠다는 의사를 표해왔습니다."

"그게 사실입니까?"

두 눈이 커진 이창성은 목소리 톤마저 달라졌다.

김대중 낙선대책팀을 주도하고 지시를 내린 사람이 박승규 실장이었다.

"지금 저희 쪽 사람과 만나고 있습니다. 박승규 실장은 이미 추가 한쪽으로 기운 걸 잘 알고 있는 사람입니다."

'박승규 실장까지 알고 있다는 것은……'

이창성은 자신의 머릿속에 들어 있는 이야기를 어디까지 말해야 하는지 가늠하고 있었다.

이창성은 지금 자신의 눈앞에 있는 인물들이 속한 조직은 보통의 조직이 아니라는 것을 오랜 경험과 느낌으로 알 수 있었다.

여러 정황을 볼 때 이들에 의해서 김대중 낙선대책팀이 무너졌고, 아이러니하게도 자신의 목숨도 이들로 인해 구해진 것이 분명했다.

"좋습니다, 모두 말하겠습니다. 대신 말씀하신 것처럼 제가 원하는 나라로 보내주십시오."

한국에 머물 수는 없었다.

지금 자신이 말한 이야기가 언론에 알려지면 대통령에 당선될 사람은 정해진 것이나 마찬가지였다.

그리되면 이창성은 선거법 위반은 물론이고 국가안전기획부가 정한 규칙을 벗어나 행동한 것에 대해 처벌을 받아야만 했다.

"물론 약속대로 원하는 곳에 보내 드리겠습니다. 자, 이제 녹음기에 스위치를 켜겠습니다."

틱!

"후! 저는 국가안전기획부에 소속되어 국내에서 벌어지

는……."

탁자에 올려진 녹음기 스위치가 켜지고 테이프가 돌아가자 이창성은 한숨을 크게 내쉬고는 자신이 진행했던 일에 대해 털어놓기 시작했다.

*   *   *

"중부전선에 벌어졌던 일은 흑천이 연관된 것 같습니다. 그리고 이 일은 미르재단과 안기부가 깊숙이 개입한 일입니다. 안전기획부 서범준 제2차장의 지시로 국내 담당 2실이 중심이 되어 주도된 이번 일은……."

국내 정보팀을 이끄는 김충범 실장의 보고가 이어졌다.

안기부 박영철 차장의 도움과 국내 정보팀이 하나가 되어서 김대중 낙선대책팀을 와해시킬 수 있었다.

거기에 코사크 타격대가 함께했다.

한국인과 구별하기 힘든 고려인 3~4세로 구성된 20명의 타격대가 한국에 들어와 있었다.

한일병원의 작전에 투입된 타격대는 국내 작전팀과 호흡이 잘 맞았다.

"박승규 실장이 건네준 자료에는 지금껏 서범준 제2차장의 지시로 진행된 선거 개입 사건들이 일목요원하게 정리

되어 있었습니다."

안기부의 박승규 실장은 먼저 김대중 대선 후보 선거캠프의 선거대책본부장에게 연락을 취했다.

사태의 심각성을 인지한 김대중 대선 후보가 직접 나에게 연락을 해와 국내 정보팀이 나선 것이나.

"언론사에는 언제 공표됩니까?"

"예, 오늘 정리된 자료들이 신문사 두 곳에 전달됩니다. TV 방송은 미르재단이 영향력을 행사할 수 있어 피했습니다."

김충범 실장의 말처럼 TV 방송국 세 곳 모두 미르재단에 협조하는 인물들이 보도국을 장악하고 있었다.

자료를 건네준다고 해도 보도가 안 될 수 있었다.

"선거 하루 전에 나가겠네요."

"예, 하루 동안이지만 상당한 파급력을 보일 것입니다."

아직 후보를 정하지 않은 유권자들이 15%나 되었다.

"좋습니다, 박승규 실장의 요구 조건은 무엇입니까?"

"가족들과 함께 안전하게 캐나다에 이민을 떠나길 원합니다."

"원하는 대로 해주겠다고 하십시오. 대신 대선과 관련된 자료 외에도 흑천과 연관된 자료들도 모두 넘기라고 하십시오. 더불어서 미르재단에 협조하는 안기부 요원들의 명

단도 함께 요구하십시오."

"예, 바로 전달하겠습니다."

"다시 말하지만, 내일 신문이 나올 때까지 절대 긴장을 늦추면 안 됩니다."

"예, 만약의 사태를 대비해 코사크 타격대와 국내 요원들이 신문사에 나가 있습니다."

김만철 경호실장의 말이었다.

지금 닉스홀딩스의 경호실과 비서실 모두 이틀 후로 다가온 대통령 선거에 집중되어 있었다.

＊　　　＊　　　＊

티토브 정이 국내에 들어온 코사크 타격대와 함께 신설동의 한 건물을 바라보고 있었다.

목표는 건물 3층에 불이 켜진 사무실이었다.

"3층 광영통상입니다."

사무실을 감시했던 국내 요원이 티토브 정에게 말했다.

"인원은 몇 명이지?"

"10분 전 한 명이 더 사무실로 들어와 모두 3명입니다."

"배치는 끝났나?"

"예, 각자의 위치에서 대기 중입니다."

고려인 3~4세로 이루어진 코사크 타격대를 이끄는 마르따 김의 말이었다.

"내 명령이 있기 전에는 움직이지 마. 놈들은 총이 있다고 해도 만만히 볼 인물들이 아니니까."

"예."

마르따 김의 대답과 함께 티토브 정은 3층 사무실로 향했다.

광영통상이 있는 건물 맞은편과 우편에 저격수가 대기하고 있었다.

코사크 타격대는 건물 입구와 탈출로로 쓸 수 있는 곳마다 배치되어 있었다.

광영통상이라는 글자가 부착된 문 앞에 선 티토브 정은 손을 들어 문을 두드렸다.

그러자 안쪽에서 기척이 들려왔다.

"누구세요?"

"필동에서 심부름 왔습니다."

티토브 정의 말에 문의 잠금장치가 열리는 소리가 났다. 필동은 약속된 암호였다.

"무슨 일인데 직접… 헉!"

문을 열어 티토브 정의 모습을 확인하던 사내가 다시금

문을 닫으려고 했지만, 뜻대로 되지 않았다.

티토브 정의 순간적인 공격에 뒤로 물러날 수밖에 없었다.

사무실 안쪽은 생각보다 넓었고 회의 탁자 하나와 책상 3개가 전부였다.

"넌 누구지?"

창가 쪽 책상에 앉아 있던 김기춘이 티토브 정을 바라보며 물었다.

책상 위에는 짐을 꾸렸는지 큰 가방이 놓여 있었다.

"너희를 잡으러 온 사람."

티토브 정의 말에 사무실에 있던 세 사람은 어이가 없다는 표정이었다.

"크하하하! 어이가 없군. 세상이 바뀌었다고는 하지만 우릴 잡으러 고작 한 명이 왔다고."

김기춘은 곧바로 큰 웃음을 토해냈다.

"쓰레기를 처리하는 데는 나 혼자서도 충분해."

"불쌍한 친구군. 그냥 떠나려고 했는데."

김기춘의 말이 끝나자마자 티토브 정을 경계하던 두 인물이 움직였다.

두 사람 다 김기춘이 거제도에서 데리고 있던 암살자들이었다.

티토브 정을 향해 몸을 날린 두 인물은 움직임이 전광석화처럼 빨랐다.

힘이 실린 주먹과 발차기가 티토브 정의 몸통으로 향했다.

하지만 그들은 티토브 정이 어떤 사람인지를 알지 못했다.

발차기를 뒤로 가볍게 흘린 티토브 정은 연이어서 다가오는 주먹을 독수리가 먹이를 낚아채듯이 안쪽으로 끌어들여 그대로 꺾어버렸다.

우두둑!

"컥!"

뼈가 부러지는 기분 나쁜 소리와 함께 짧은 신음성을 내지른 인물의 얼굴이 고통에 굳어버렸다. 그러나 공격은 거기서 끝난 것이 아니었다.

티토브 정은 꺾어버린 팔을 놓아주지 않은 채 옆쪽으로 물러난 남자를 향해 잡고 있던 사내를 힘 있게 밀쳤다.

중심을 잃고서 자신에게 날아오는 동료를 받아 든 순간, 티토브 정의 팔꿈치가 사내의 면상을 그대로 가격했다.

"퍽!"

우당탕!

두 사람은 책상과 엉키듯이 바닥에 나뒹굴었다.

그걸로 끝이었다.

"대단해! 눈으로 보고도 믿을 수가 없어."

놀란 표정으로 말하는 김기춘의 손에는 권총이 들려 있었다.

"후후! 믿을 수 없는 걸 또 보게 될 거야."

총을 들고 있는 김기춘 앞에서 티토브 정은 너무나 태연했다. 그런 모습이 오히려 김기춘을 불안하게 했다.

"그게 무슨 소리지?"

"권총을 든 손의 손가락이 사라지는 걸 말이야."

티토브 정의 말이 끝나자마자 권총의 방아쇠를 쥐고 있던 김기춘의 손가락에 총알이 날아왔다.

퍽!

총알은 정확하게 권총의 방아쇠를 맞혔다.

"아악!"

자신의 손가락이 방아쇠에서 분리되는 것을 본 김기춘의 비명이 사무실에 메아리쳤다.

*   *   *

안기부 서범준 제2차장과 민한당 선거대책본부장인 황만수가 연론 동향을 최종적으로 확인하고 있었다.

이제 이틀 후면 제15대 대통령이 결정되는 대선일이었다.

남대문 테러 사건 이후 민한당의 한종태 대선 후보의 지지율이 3%나 올랐다.

연이어 중부전선에서 벌어진 총격 사건은 북한의 행동을 예측하지 못해서 큰 성과를 내지 못했지만, 남대문 테러 사건만으로도 한종태가 대통령에 선출될 가능성이 한층 커졌다.

"이대로만 진행되면 당선은 문제없겠습니다."

김대중 대선 후보가 앞서 나가던 서울에서도 한종태 후보가 1~2% 앞선 것으로 최종 조사되었다.

"하하하! 수고하셨습니다. 중부전선도 터졌으면 더 좋았겠지만 일이란 게 마음먹은 대로 되지 않을 때도 있지요."

서범준의 말에 황만수는 만족스러운 웃음을 내뱉었다.

"아쉬운 일이지만 북풍은 자칫 역풍을 맞을 수도 있는 일이라 이 정도로 수습되는 것도 나쁘지 않습니다."

"하긴 선거 때마다 나오는 단골 메뉴이니 식상할 수도 있겠지요. 대선 이후에 뒷말이 나오지 않게 서 차장께서 뒤처리도 잘해주십시오."

"예, 걱정하실 일 없게 말끔히 처리하겠습니다."

"하하하! 차기 국가안전기획부 부장께서 하신 말씀이니

편하게 투표하는 일만 남았습니다."

"하하하! 대통령 비서실장님께서 아무 걱정 없이 청와대에 들어갈 수 있게 해드려야지요."

황만수의 말에 서범준이 크게 웃으며 말했다.

한종태가 대통령으로 당선되면 미르재단의 황만수가 대통령 비서실장으로 내정되어 있었다.

*　　　*　　　*

따르릉! 따르릉!

새벽 2시를 가리키는 시간에 전화벨이 요란하게 울렸다.

"음, 여보세요? 잠시만요, 당신 전화예요."

침대 옆 수화기를 집어 든 여자는 늘 있는 일처럼 수화기를 남편에게 건넸다.

"핸드폰이 꺼졌나 보네. 여보세요?"

잠을 깨워서 미안하다는 말투로 서범준 차장이 수화기를 건네받았다.

"뭐냐?"

수화기를 건네받자마자 서범준은 큰 소리를 질렀다.

그 소리에 다시금 잠을 청하려던 서범준의 부인이 놀라 눈이 떠졌다.

"무슨 수를 쓰더라도 당장 막아!"

쾅!

수화기를 신경질적으로 내려놓은 서범준의 표정이 심상치가 않았다.

"무슨 일 있어요?"

놀란 표정의 부인이 서범준을 보며 물었다.

"별일 아니야. 지금 좀 나가야겠어."

침대에 일어난 서범준은 잠옷을 벗고는 외출복으로 갈아입었다.

"지금 새벽 2시예요. 아침에 나가면 안 되는 일이에요?"

"나가야 해. 오늘 못 들어올 수 있어."

서범준이 황급히 방문을 열고 밖으로 향했다. 그의 표정은 평상시와 달랐다.

안기부로 향하는 서범준은 차 안에서 황만수 선거대책본부장에게 전화를 넣었다.

"정말 죄송합니다. 경향신문입니다. 예, 지금 저희 쪽 인원이 출동했습니다. 예, 바로 보고드리겠습니다."

어제 저녁때까지만 해도 황만수와 즐거운 대화를 나눴었다.

하지만 지금 모든 일이 수포로 돌아가는 일이 발생한 것이다.

"더 밟아! 박승규 실장은 연락이 왜 안 되는 거야?"

서범준이 운전기사와 비서에게 소리쳤다. 그의 말에 120㎞로 달리던 승용차의 속도가 더 빨라졌다.

"전화기를 내려놨는지 계속 통화음만 들립니다."

"계속해 봐. 도대체 이런 보고를 왜 이제야 하는 거냐?"

서범준 차장은 초조했다.

진보 성향의 경향신문에 중부전선 총격 사건과 남대문시장에서 일어났던 한종태 대선 후보의 테러 사건에 대한 가사가 오늘 자 조간신문에 실린다는 첩보가 전해진 것이다.

'뭔가 이상해. 정보가 왜 이제야… 이걸 막지 못하면 모든 게 끝이야.'

뭔가 잘못되어 가고 있다는 생각이 머릿속을 때렸다.

"필동팀에도 전화를 넣어봐."

서범준의 말에 비서인 이정수가 핸드폰으로 연락을 취했지만 아무도 전화를 받지 않았다.

"필동팀도 연락이 안 됩니다."

"모두 어떻게 된 거야? 지금 동원 가능한 팀이 어디냐?"

"대방동팀이 가능하지만, 현재 중국 쪽 일을 맡고 있습니다."

"지금 그게 중요하지 않아! 당장 출동해서 무슨 방법을

쓰든지 간에 윤전기를 멈추게 해. 모든 책임은 내가 질 테
니까."

"알겠습니다."

이미 서범준이 관리하던 다동팀이 경향신문으로 향하고
있었다.

*　　　*　　　*

정동에 자리 잡고 있는 경향신문사는 새벽인데도 불을
훤히 밝히고 있었다.

"이대로 내보내면 되겠습니다."

경향신문사의 정치부 기자인 김현섭 기자가 편집부장에
게 보고했다.

"이 자료는 확실한 거지?"

강민석 편집부장이 김현섭을 보고 물었다.

"예, 증언자들의 내용이 모두 일치합니다. 이현지 양이
다녔던 연기학원에도 확인했고, 등본상에도 나온 것처럼
엄마라고 주장한 김혜정 씨는 결혼한 적이 없었습니다."

"좋아! 제대로 터뜨려 봐."

"예, 확실하게 보여주겠습니다."

김현섭은 서둘러 편집국 밖으로 향했다. 인쇄공장으로

파일을 보내야만 했다.

"몸조심해."

편집장실의 문을 나서는 김현섭을 향해 강민석이 걱정스러운 시선으로 말했다.

"예, 선배님도요."

김현섭은 주먹을 쥐며 문밖으로 사라졌다.

김현섭이 편집국을 떠난 지 10분 뒤 일단의 인물들이 경향신문사에 들이닥쳤다.

"무슨 일이십니까?"

"폭발물 신고가 접수되었습니다. 다들 위험하니까, 밖으로 나가주십시오."

그중 한 인물이 편집실을 지키던 기자에게 신분증을 내보이며 말했다.

"폭발물이요? 누가 신고를 했단 말입니까? 여긴 신문사입니다."

"테러 신고가 들어왔으니, 저흰 수사할 수밖에 없습니다. 위험이 없을 때까지 자리를 비워주십시오."

"도대체 누가 신고를 했단 것입니까? 신분증을 다시 좀 보여주십시오."

옆에 기자가 다시금 항의하듯 말했다.

"협조해 주십시오."

사내는 다시금 신분증을 내보이며 말했다.

신분증에는 김화동이라는 이름과 함께 국가안전기획부라는 명칭이 쓰여 있었다.

"안기부가 이런 일도 맡습니까?"

"테러 신고는 저희도 출동합니다."

"한데 경찰은 왜 오지 않은 거죠?"

"오고 있습니다."

사내의 말이 끝나자마자 경찰 사이렌 소리가 들려왔다.

창문 밖으로 경찰차 2대와 경고등을 부착한 차량 3대가 급하게 신문사로 들어오는 것이 보였다.

"빨리 끝내주셔야 합니다. 조간신문이 곧 나갈 예정이니까요."

"예, 최대한 빨리 끝내겠습니다."

기자들은 마지못해 안기부 요원들에 의해서 사무실 밖으로 나갔다.

기자들이 사무실을 나가자 스무 명에 달하는 안기부 요원들과 경찰들은 폭발물을 조사하는 것처럼 행동하며 편집부와 정치부, 사회부를 비롯한 사진부를 집중적으로 수색했다.

2시간의 수색에도 별다른 것이 발견되지 않자 기자들이 안기부 요원들에게 거칠게 항의했다.

경찰들은 사무실에 기자들을 들어가지 못하게 했다.

"지금 신문 발행을 억압하는 것입니까? 정 기자, 서 기자, 사진 찍어!"

강민석 편집부장의 말에 여기저기서 플래시가 터졌다.

플래시가 터지자 안기부 요원과 경찰들은 난감한 표정을 지으며 얼굴을 손바닥으로 가렸다.

"잠시만 기다려 주십시오. 수색이 다 끝나갑니다."

"이건 엄연한 언론 탄압입니다. 오늘 일에 대한 기사는 물론이고 책임 소재를 분명히 따질 것입니다."

시간을 더 끌다가는 큰 문젯거리가 될 수 있었다. 다른 곳이 아닌 신문사라는 것이 문제였다.

"10분 기다려 주십시오."

김화동은 핸드폰으로 어디론가 급하게 연락을 취했다.

"경향신문사에서 별다른 것이 발견되지 않았다고 합니다. 기자들이 경찰서에 연락을 취해 폭발물 신고를 확인한다고 합니다. 더는 수색이 어렵겠습니다."

"인쇄공장은?"

비서의 보고에 서범준 차장은 신경질적으로 물었다.

"인쇄공장에는 아직 신문 편집이 끝나지 않아 인쇄 파일이 넘어오지 못한 것 같습니다."

"음, 잘못된 정보였었나. 인쇄공장은 계속 지켜보고 나머지는 철수시켜."

왠지 찜찜한 기분이었지만 비서의 말처럼 기자들을 계속 붙잡아둘 수는 없었다.

"알겠습니다."

경향신문사를 떠나는 안기부 요원과 경찰들에게 기자들은 신문 발생이 늦어졌다고 강하게 항의했다.

신문 발행을 위해 윤전기를 돌려야 할 시간이 코앞에 다가온 것이다.

"우리에게 정보를 넘겨준 쪽의 말이 정확히 맞았습니다."

떠나는 안기부 요원을 보며 강민석 편집부장이 급하게 신문사로 나온 박수형 편집국장에게 말했다.

"신문 발행은 잘 되어가고 있는 거지?"

"알루미늄판 제작이 끝나고 곧 인쇄에 들어간다고 연락이 왔습니다."

"성동격서(聲東擊西)가 따로 없군. 마지막까지 안심하면 안 되겠어."

"예, 인쇄공장 쪽에선 아직 떠나지 않았다고 합니다."

"하여간 권력이 뭔지. 지금 나라 꼴이 말이 아닌데 말이야."

"그래도 정의를 세우려는 사람들이 있으니 아직 이 나라에 희망이 있습니다."

"그래, 거기에 우리도 힘을 보태야지."

강민석의 말에 박수형 편집국장은 주먹을 불끈 쥐었다.

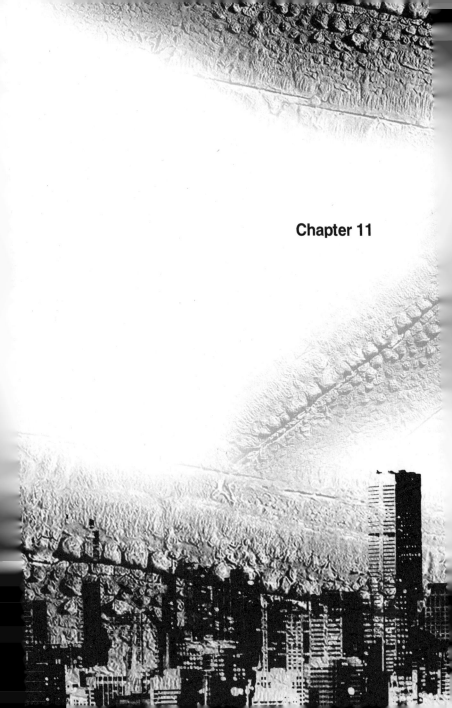

Chapter 11

"예상대로 서범준 차장이 움직였습니다."

국내 정보팀을 이끄는 김충범 실장의 보고였다.

이른 새벽이었지만 긴박하게 돌아가는 상황을 파악하기 위해 회사로 출근했다.

"신문 발생은 어떻게 진행되고 있습니까?"

"한겨레신문사 인쇄공장에서 인쇄에 들어갔다고 합니다."

만약의 사태를 대비한 전략이었다.

경향신문사 인쇄공장을 이용하지 않고 한겨레신문사 인

쇄공장에서 신문을 인쇄하기로 한 것이다.

남대문에 벌어졌던 한종태 대선 후보 테러 조작 사건을 경향신문이 터뜨리고, 연이어 중부전선에서 벌어졌던 총격 사건을 한겨레에서 특종으로 내보내기로 했다.

"신문이 배포될 때까지 계속 상황을 주시하십시오. 저들이 어떤 식으로든 움직일 수 있습니까요."

"예, 계속 감시를 붙이고 있습니다."

"한겨레 공장은 요원들이 나가 있습니까?"

"국내팀과 코사크 타격대가 외부 출입을 통제하고 있습니다."

"음, 앞으로 1시간 후면 모든 게 결판나겠네요."

신문이 아침잠에서 깨어난 국민들에게 전달되면 대통령 선거의 흐름은 백팔십 도 달라지는 상황을 맞이하게 될 것이다.

*　　　　*　　　　*

"경향신문이 아니라면 정보가 잘못된 건가?"

서범준 차장은 느낌이 좋지 않았다.

비상호출을 했는데도 남대문 테러와 중부전선 총격 사건을 주도했던 박승규 실장이 연락되지 않았고 이창성 팀장은 모습을 감췄다.

"경향신문 공장에서 윤전기를 돌리고 있지만 별다른 내용은 실리지 않았다고 확인했습니다."

"박승규 실장과 이창성은 아직도 연락이 안 되는 거야?"

"지금 거주지로 요원을 보냈습니다."

그때였다.

사무실에 전화기가 요란하게 울렸다.

"여보세요?"

—경향신문 인쇄공장이 아니었습니다. 한겨레 인쇄공장에서 경향신문을 인쇄했다고 합니다.

"뭐야? 어떻게 하든지 막아!"

—이미 인쇄를 끝내고 신문 수송 차량이 인쇄공장을 떠나는 중입니다.

"무슨 수를 쓰더라도 시간을 끌어!"

쾅!

서범준 차장은 전화기가 부서질 것처럼 거칠게 수화기를 내려놓았다.

"무슨 일이 생겼습니까?"

비서가 눈치를 살피며 물었다.

"한겨레 인쇄공장에서 신문을 인쇄한 거야. 어떻게든 막아야 하는데……."

안절부절못하는 서범준 차장에게 비서는 더 이상 말을
붙일 수 없었다.

서범준은 다시금 전화기를 붙잡고는 버튼을 눌렀다.

"서범준입니다. 지금 중차대한 일이 발생했습니다. 경향
신문이……."

*　　　　*　　　　*

경향신문을 가득 실은 차량은 신문보급소와 판매소들을
향해 힘차게 달리고 있었다.

평소 발행 부수보다 20%를 더 찍었다.

"아니, 왜 경향신문이야?"

신문가판대에 한 뭉치의 신문을 던져놓고 가는 운전기사
에게 가판대 주인이 물었다.

한겨레신문을 실어 나르는 차량이 경향신문을 주었기 때
문이다.

"저야 배달하라는 대로 하는 거죠. 한겨레신문은 좀 늦을
겁니다."

"별일일세."

신문가판대로 신문을 들여놓는 사이 신문 배송 차량은
다음 배달 장소로 향했다.

사거리에서 신호를 받고 막 출발하려고 할 때였다.

쾅!

마주 오던 5톤 트럭이 그대로 신문 배송 차량을 덮치듯이 정면으로 충돌했다.

"아유! 저런!"

신문가판대 주인은 사고가 난 곳을 바라보며 놀란 표정을 지었다.

"오늘따라 새벽 교통사고가 왜 이렇게 많아."

각 경찰서 교통과는 걸려오는 신고 전화에 정신이 없었다.

한데 이상하게도 대부분 신문을 배송하는 차량과 연관된 사고였다.

서울을 비롯한 수도권 곳곳에서 신문 배송 차량이 전복되거나 추돌 사고가 일어났다.

* * *

사람들은 아침에 일어나자 두 가지 사건에 깜짝 놀랐다.

하나는 남대문 테러 사건에 대한 신문 보도였고, 다른 하나는 신문 운송 차량에 대한 사고 내용이었다.

─신문 배송 차량들에 연달아 사고가 일어났습니다. 사고 대부분이 한겨레신문을 운송했던 차량으로……. 특정 신문사의 차량이 연속적으로 사고가 난 것에 대해 경찰은 예의 주시하여 조사를…….

하지만 TV 방송 3사의 아침 뉴스에 나온 것은 남대문 테러 사건의 조작이 아닌 연달아 일어난 교통사고 뉴스뿐이었다.

남대문 테러 조사 사건에 대한 기사를 접한 사람들은 아주 적은 숫자에 불과했다.

"조직적으로 신문 운송을 방해했습니다. 현재 19건의 교통사고가 발생했고, 이 중 16건이 경향신문을 배달하던 배송 차량이었습니다. 이로 인해 다섯 명의 사망자와 24명의 부상자가 발생해……."

국내 정보팀을 이끄는 김충범 실장의 보고였다.

신문 배송 차량의 교통사고로 인해 경향신문의 60%가 목적지에 도착하지 못했다.

3건의 교통사고는 다른 신문사 배송 차량을 한겨레신문사 배송 차량으로 오인한 사고였다.

"음, 안기부에서 저지른 일입니까?"

"신문 배송 차량의 이동 경로를 정확히 파악하여 움직인 것으로 보아서는 안기부가 개입된 것으로 보입니다. 하지만 이러한 극단적인 방법의 형태는 저도 처음 겪는 일입니다. 현재 사고를 일으킨 인물들이 입원한 병원에 요원들을 파견했습니다."

김충범 실장도 국가안전기획부 출신이었다.

"잘하셨습니다. 한데 이건 마치 2차세계대전 때 일본군이 보여주었던 가미카제 전술이 아닙니까?"

자신이 죽게 될 줄은 알면서도 무도하게 충돌 사고를 일으킨 것이 가미카제를 연상시켰다.

"예, 저도 그 점이 너무 이상합니다. 지금 같은 세상에 이런 일을 벌인다는 것은 특정 종교에 빠진 광신도 집단에서나 볼 수 있는 일입니다."

김충범 실장의 말처럼 죽음마저 두렵지 않게 만드는 신념이나 믿음이 없으면 안 되는 일이었다.

"음, 확실히 일반적인 일은 아닙니다. 더구나 TV 뉴스의 초점도 교통사고만을 다루고 있습니다. 남대문 테러 조작 사건을 어떻게 해서든지 막으려는 형태로 보입니다. 문제는 시중에 배포된 신문의 여파가 원하는 시간대에 나오지 않을 것 같습니다."

그때 김동진 비서실장이 황급히 들어왔다.

"시중에 풀린 경향신문을 누군가가 사재기하고 있습니다."

교통사고로 인해 배달지에 도착한 신문들은 40%밖에 안 되었다.

미처 예상하지 못한 상황들을 벌어지고 있었다.

"허! 이거 첩첩산중이네요. 신문 발행을 다시 할 수는 없는 것입니까?"

"교통사고 조사를 핑계로 경찰들이 경향신문사와 한겨레신문사 관계자들을 대거 소환했습니다. 이들 중 상당수가 편집부와 인쇄공장의 인물들입니다. 아예 신문 발행을 막으려는 형태입니다. 이번 일에 한종태 후보 측과 미르재단이 사활을 거는 것 같습니다."

새벽에 벌어진 교통사고와 인쇄공장에서 일하는 관계자들은 전혀 상관없는 상황인데도 경찰은 조사를 핑계로 과도한 인원을 소환하거나 임의 동행했다.

인쇄공장에도 경찰을 파견해 관계자 외 인물들의 출입을 통제했다.

과도한 공권력을 행사하는 것이었지만 선거를 앞에 둔 하루 동안이라면 문제 될 것도 없었다.

더구나 한종태가 대통령이 되면 더더욱 말이다.

"우선 판매 중인 경향신문을 매입해서 무료로 나눠주십

시오."

"예, 바로 시행하겠습니다."

김동진 비서실장은 내 말에 급하게 회의실 밖으로 나갔다.

사람들에게 사실을 알려야만 했나.

진실이 알려지면 사실 여부를 확인하기 위해서 TV 방송국과 신문사에 전화가 빗발칠 것이다.

그러면 침묵하고 있는 언론사들도 잠자코 있을 수가 없었다.

문제는 이러한 일이 대선 전날인 오늘 이루어져야지만 대통령 선거에 영향을 줄 수 있다는 것이었다.

"다른 방법을 모색해야 합니다. 이대로 있다가는 선거에 질 수도 있습니다."

다 잡은 물고기라고 생각했었다. 하지만 지금 상황이 묘하게 흘러가고 있었다.

*　　　*　　　*

급격히 사세를 확장해 가고 있는 사이비 종교인 천복의 총단이 자리 잡고 있는 용산에 수천 명의 사람들이 모여 오전 집회를 열고 있었다.

그런데 모인 사람들의 손에는 오늘 자 경향신문이 들려 있었다.

"드디어 결실의 열매가 열리는 날이 다가왔다. 그러나 열매를 맺기 위해서는 시련과 고통이 반드시 따르는 법. 지금 너희가 손에 든 것은 어리석은 자들이 우리를 이끌어갈 위대한 지도자의 탄생을 막으려는 몸부림의 증거니라. 하나! 그들의 거짓과 위선은 오늘로써 끝이 나느니라!"

"아비도비 아비비행 마하수리!"

천복귀인의 말에 집회에 참석한 사람들이 환호성을 지르며 주문을 외쳤다.

"자, 이제 이러한 일들을 행하는 불의한 놈들에게 벌을 내릴 것이다. 중인과 지인들은 가져온 신문들을 재단에 던져 넣어라!"

천복귀인의 말이 떨어지자 재단이라 불리는 커다란 철제 통에 집회에 참석한 사람들이 가져온 신문들을 던져 넣기 시작했다.

천복귀인은 집회에 참석하는 인물들에게 오늘 자 경향신문을 구해오도록 명령했고, 신분에 따라 할당량까지 통보했다.

적게는 2~3부에서 많게는 백 부까지 경향신문을 가져온 것이다.

이러한 일은 천복의 지부가 있는 지역에서도 벌어지고 있었다.

"자! 이제 천계귀인께서 하늘의 불인 천화(天火)를 통해 정화식을 거행할 것이다."

천복귀인의 말이 떨어지자 뒤쪽의 가림막이 열리며 미래를 내다본다는 천계귀인이 모습을 드러냈다.

사람들은 천계귀인의 등장에 주문을 외기 시작했다.

"아비도비 설무도비 아비비행 마하수리!"

"오늘 선인(仙人)들의 놀라운 희생으로 이 땅에 내려질 뻔한 화(禍)를 막았느니라!"

남녀의 목소리가 섞인 것 같은 중성적인 목소리를 가진 천계귀인의 말에 주문을 외는 소리가 더욱 커졌다.

"자, 보아라! 오늘 선계에서 행복을 누리는 선인들을!"

천계귀인의 말이 떨어지자 신문들이 쌓인 철제 통에 불이 붙으며 타올랐다.

그리고 피어오르는 불길 속에서 사람 모습의 형체들이 나타났다.

불길 속에 나타난 형태들은 신문 운송 차량에 돌진해 사망한 선인 계열의 인물들이었다.

"천복!"

그 모습을 본 사람들은 광기에 가까운 환호성을 지르며

주문을 소리 높게 외쳤다.

"정말 감사드립니다. 이번 신세는 어떻게든지 갚겠습니다."

이런 모습을 거울로 가려진 비밀의 방에서 지켜보던 서범준 제2차장은 흑천의 홍무영 장로에게 고개를 숙이며 인사를 건넸다.

"하하! 별말씀을. 이런 일에 쓰려고 만든 허수아비들입니다."

새벽에 벌어진 신문 배송 차량의 연쇄 추돌 사고는 안기부와 천복의 합작품이었다.

*　　　*　　　*

"서범준이 천복이라는 종교 집회에 포착되었습니다. 더구나 그곳에서 오늘 발행한 경향신문을 대거 불태웠다고 합니다."

김충범 실장의 다급한 보고가 이어졌다.

서범준 제2차장을 미행하던 국내 요원이 알려온 일이었다.

"천복이라고요?"

다른 보고보다는 천복이라는 이름이 머릿속에 다가왔다.

"예, 요즘 세력을 크게 확장하고 있는 사이비 종교 집단입니다. 조사에 따르면 천복 내에서 대선 후보인 한종태를 하늘이 내린 지도자라고 칭한다고 합니다."

'사이비 종교에서 한종태를… 그럼 이들이……'

머릿속에서 답을 찾지 못했던 퍼즐이 하나둘 맞춰지는 느낌이었다.

"그럼 혹시, 이들이 오늘 일에 관여한 것이 아닙니까?"

"그런 정황이 나오고 있습니다. 교통사고를 일으키고 입원한 인물 중 상당수의 거주 주소가 천복이 자리 잡은 곳의 주소와 일치했습니다."

"음, 사이비 종교 집단이 동원되었다. 상황이 묘하게 돌아가네요."

새벽에 벌어진 교통사고를 광신도 집단이 일으킨 것이 된다면 서범준 차장이 이끄는 안기부 2실과는 무관한 일이 된다.

"서범준이 천복을 믿는 종교인은 아닐 것입니다."

"그럴 가능성이 큽니다. 하지만 지금은 천복을 조사하는 것이 우선순위가 아닐 것입니다. 당장 내일로 닥친 선거의 방향을 바꿀 수 있어야 합니다. 시중에 풀린 경향신문이 너무 적습니다."

뒤늦게 신문가판대를 돌며 사들인 신문을 공짜로 나눠주

었지만, 수량이 너무 적었다.

더구나 천복에서 사람들을 동원하여 경향신문을 구매해 불태워 버렸기 때문에 구매한 수량이 더욱 적어졌다.

"한데 교통사고가 난 트럭에 실렸던 신문들은 어떻게 되는 것입니까?"

옆에서 이야기를 듣고 있던 김만철 경호실장이 물었다.

'맞다! 그 신문들을 확보한다면……'

"하하하! 정말이지 김 실장님은 가끔이지만 크게 한 방을 보여주십니다."

"예, 제가요?"

김만철은 내 말뜻을 알아듣지 못하는 듯이 반문했다.

"지금 당장 인원들을 총동원해서 신문 배송트럭에 실렸던 신문들을 수배하십시오. 그다음은 어떻게 할지 아실 것입니다."

"예, 알겠습니다."

내 말에 김충범 실장의 표정 또한 밝아졌다.

"비서실과 경호실도 경향신문을 찾아오면 신문 배포에 모두 나서십시오."

"아! 신문을 찾아서 배포하면 여론이 달라질 수 있겠네요."

김만철은 그제야 자신이 한 말이 큰 도움을 주었다는 걸

깨달았다.

*　　　*　　　*

닉스홀딩스와 국내 정보팀의 조직원들이 총동원되어 경향신문의 행방을 찾았다.

5톤 트럭과 3톤 트럭 13대에 실려 운송되던 신문의 수량은 상당했다.

"일산과 김포의 고물상에서 트럭 일곱 대 분을 발견했습니다."

김동진 비서실장이 흥분된 목소리로 전했다.

비닐 포장이 벗겨지지 않은 상태에서 발견된 신문들은 상태가 온전했다.

"사람들이 가장 몰리는 명동, 신촌, 강남에 제일 먼저 배포하라고 하십시오."

"예, 말씀대로 진행하겠습니다."

김동진 비서실장이 보고가 이어지는 순간에도 신문의 회수가 이어지고 있었다.

트럭 4대 분량의 신문들은 교통사고가 일어난 지역의 담당 경찰서에서 발견되었다.

경향신문사의 요구에 경찰서는 주차장에 쌓아놓아 처치

가 곤란한 신문을 내주었다.

경찰서도 자리를 차지하는 신문을 빨리 처리해야 하는 상황이었다.

마지막으로 트럭 2대 분량은 파주에 자리 잡고 있는 폐지 수집상에서 발견되었다.

"호외요! 호외!"

"남대문 테러 사건 조작! 호외요!"

명동 중심지 한복판에서 큰 소리로 외치는 말에 사람들의 발걸음이 신문을 받기 위해 멈춰 섰다.

"그냥 주는 것입니까?"

"예, 보시고 널리 알려주십시오. 한종태 대선 후보의 남대문 테러 사건이 안기부에 의해서 거짓으로 조작되었습니다."

사람들은 신문을 받자마자 1면에 실린 남대문 테러 사건 보도에 눈을 떼지 못했다.

"허허! 지금 시대가 어느 시대인데 아직도 이런 일을 벌여."

"이런 말도 안 되는 일을……."

사람들은 받아 든 신문을 읽고는 너나 할 것 없이 분노를 표출했다.

이러한 일은 명동 외에 강남, 여의도, 종로, 신촌, 동대문, 남대문 등 사람들의 이동이 많은 지역에서 동시에 벌어지고 있었다.

*　　　*　　　*

"큰일 났습니다. 지금 라디오 뉴스에서 남대문 사건이 보도되고 있습니다."

"무슨 소리야? 보도 통제를 하고 있잖아?"

느긋하게 커피를 마시던 서범준 차장은 상황실의 윤홍인 팀장의 보고에 커피 잔을 거칠게 내려놓으며 말했다.

"그게 명동과 종로를 비롯한 서울의 주요 도심지마다 테러 사건을 보도한 경향신문이 무료로 배포되었다고 합니다."

"그건 또 무슨 소리야? 신문은 대부분 처리했잖아."

"교통사고가 발생한 차량에 실렸던 신문들을 회수한 것 같습니다."

"회수라니? 제대로 처리하지 않은 거야?"

윤홍인의 말에 서범준 차장의 눈이 커질 대로 커졌다.

분명 신문 운송 차량에 실린 신문을 소각하라는 명령을 같이 내렸었다.

"경찰에 처리를 맡긴 것이 문제였습니다. 경찰이 고물상에게 넘긴 걸……."

우당탕!

서범준 차장의 발길질에 윤홍인이 회의 테이블 아래로 쓰러졌다.

"야! 이 개새끼야! 내가 분명히 전부 회수해서 소각하라고 했잖아!"

서범준의 차장은 참을 수 없는 분노에 품속에서 권총을 꺼내 윤홍인에게 겨누었다.

"크! 죄송합니다. 교통사고 현장을 경찰이 처리했기 때문에 저희가 나서기가……."

그때 테이블에 놓인 핸드폰이 요란하게 울렸다.

"여보세요?"

서범준은 신경질적으로 전화를 받았다.

─모든 책임은 서 차장이 지시오.

미르재단의 황만수였다.

"죄송합니다. 하지만 지금 일은……."

─안 그러면 가족들이 힘들어질 것입니다. 뒤처리를 잘하길 바랍니다.

뚜― 우!

전화는 그대로 끊겼다.

'아! 다 왔는데……'

허탈한 표정의 서범준은 들고 있던 권총을 자신의 머리로 가져갔다.

"서 차장님!"

탕!

윤홍인의 외침과 함께 서범준 차장의 몸이 허물어지고 있었다.

Chapter 12

저녁이 되자 TV 뉴스에서 경향신문의 기사 내용을 인용
해 앞다투어 보도하기 시작했다.

—남대문시장에서 벌어졌던 민주한국당의 한종태 대선 후보 테러
사건은 국가안전기획부에서 계획한 일로, 이와 관련된 것으로 알려
진 서범준 제2차장이 권총으로 자살했다는…….

석간신문들도 인쇄한 신문들을 폐기 처분하면서까지 다
시금 신문을 발행했다.

대선 후보들이 속한 정당들은 일제히 대변인의 성명을 통해서 현 정부의 위법적인 대선 개입의 대한 조사와 한종태 대선 후보의 사퇴를 요구하고 나섰다.

대통령 선거 전날에 벌어진 놀라운 사태에 정부는 무척이나 당황한 모습으로 사태 파악에 분주했고, 청와대는 깊은 시름에 잠겼다.

테러 조작 사건과 연관된 한종태 대선 후보가 속한 민주한국당은 이러다 할 답을 내놓지 않은 채, 주요 핵심 당 관계자들이 모여 대책을 수립하고 있었다.

"선거의 판도가 바뀌었습니다. 긴급하게 진행된 여론조사에서 김대중 후보의 지지율이 2% 앞선 것으로 나왔습니다. 시간이 지날수록 지지율은 더 올라갈 것 같습니다."

김동진 비서실장이 흥분된 목소리로 전했다.

그의 말처럼 남대문 테러 조작 사건의 파장은 점점 더 확대되고 있었다.

여기에 한겨레신문에서 중부전선에 벌어졌던 총격 사건에도 안기부가 개입했다는 호외를 발행했다.

활활 타오르는 불길에 기름을 더욱 끼얹는 보도였다.

"팽팽하던 추가 이제야 기울었습니다. 하지만 저들이 보여준 극단적인 모습을 보면 선거가 끝나는 날까지 긴장을 늦추면 안 됩니다."

이번 일을 통해서 미르재단과 흑천, 그리고 한종태가 한 몸이라는 것이 확실해졌다.

더욱이 정부의 주요 기관마다 몸을 숨긴 미르재단과 흑천에 동조하는 세력이 포진해 있다는 것도 사실로 밝혀진 것이다.

"예, 특별대책팀이 선거 개표가 끝나는 날까지 계속 가동될 것입니다."

김대중 대선 후보가 대통령 선거에 이겨야만 모든 것을 올바른 방향으로 돌려놓을 수 있었다.

더구나 IMF 국제금융을 받아들인 지금 외환시장과 주식시장의 혼란은 여전했다.

*　　　*　　　*

"김대중 후보의 뒤에는 닉스홀딩스가 있었습니다."

"후후! 우리와는 끝내 돌아올 수 없는 강을 건넜군요."

황만수 선거대책본부장의 말에 쓴웃음을 짓는 한종태의 눈은 분노로 이글거렸다.

닉스홀딩스의 강태수를 끌어들이기 위해 한종태는 다른 어떤 인물보다 공을 들였다.

하지만 자신의 그런 노력을 비웃기라도 하듯이 강태수는 전혀 다른 신택을 한 것이다.

"더구나 이번 일에 닉스홀딩스의 비서실이 개입된 것 같다는 보고가 있었습니다."

"확실한 것입니까?"

"확인 중에 있는데, 지금 터진 일 때문에 조사는 뒤로 미루어야 할 것 같습니다. 우선은 내일 선거가 가장 중요하니까요."

"이번 선거는 이미 기울었습니다. 더는 조직을 드러내서는 안 됩니다."

"1~2%의 차이는 뚜껑을 열어봐야 합니다."

황만수 또한 선거가 기울고 있다는 것을 알았지만, 일말의 끈을 놓기는 싫었다.

그동안 들어간 노력과 희생이 너무 컸기 때문이다.

"남대문 사건에 대해 입을 닫고 있는 상황에서는 승산이 없습니다. 그리고 전 아직 젊습니다. 깔끔하게 승복하고 이쯤에서 꼬리를 잘라야 다음을 기약할 수 있습니다. 더구나 지금의 경제 위기를 해결할 대책이 없는 상황에서 대통령에 올라봤자 머리만 아플 뿐입니다. 김대중이 어떤 방식으로 해결하지 지켜보면서 다음을 기약하시지요."

솔직히 한종태는 지금 한국에 닥친 경제 위기를 해결할

자신이 없었다.

한국은행과 재정경제원에서 보내온 자료에는 보유 외화 자금이 1백억 달러도 안 되는 80억 달러로 떨어진 상황이었다.

더욱이 IMF 구제금융으로 인해 자신을 지지하는 기업들에게 약속했던 것들을 이행할 수 없는 상황으로 흘러가고 있었다.

"그럼, 후보를 사퇴하실 생각이십니까?"

"지금 상황에서는 살을 내주고 뼈를 취하는 것이 더 낫지 않겠습니까? 사퇴 발표문이 완성되면 바로 발표하지요."

"하지만 지금까지 함께한 식구들은 끝까지 가길 원하고 있습니다."

"전 지는 게임을 절대로 하지 않습니다. 그리고 껍데기밖에 남지 않은 지금 대통령에 올라봤자 먹을 것이 없지 않습니까. 더욱이 김대중 이후에는 저에게 맞설 인물이 없습니다."

한종태의 의지는 확고했다.

"하면 대종사께 연락을 드리고 결정하시는 것이 어떻겠습니까?"

"대종사께서도 지금의 상황을 바꿀 방법이 없습니다. 그리고 언제까지 점술에 휘둘릴 생각이십니까? 황 이사장께

서도 이젠 확실한 노선을 선택하셔야 합니다. 이 나라를 이
끌어갈 사람은 한종태지, 대종사가 아닙니다."

'음, 독자적인 길을 가겠다는 건가?'

"아직은 도움을 받는 것이 좋지 않겠습니까?"

"이제 곧 있으면 21세기입니다. 칠팔십 년도에나 통하는
방법으로 테러 사건의 보도를 막는 것을 보고서 제 마음이
달라졌습니다. 경찰 수사가 본격적으로 이루어지면 제 위
치가 어떻게 되겠습니까? 지금은 저와 관련된 모든 것을 지
우고 끊어야만 다음이 있습니다."

'음, 이번이 아닌 다음을 만들려면 한종태의 말도 틀린
말이 아니지… 하지만 이런 식으로는 좋지 않은데…….'

미르재단과 흑천은 한종태를 대통령으로 만들기 위해서
물심양면으로 후원했다.

더욱이 흑천은 한종태의 경호는 물론 뒤치다꺼리를 해왔
다.

"그럼 당의 최고 의원들과 협의를 하시는 것이 어떻겠습
니까?"

"황 위원장님께서 감이 많이 떨어지신 것 같습니다. 지금
은 선을 확실히 그을 때입니다. 대선이 끝나고 나면 지금
저에게 겨누어진 화살들이 한꺼번에 제게 날아옵니다. 화
살이 날아오기 전에 겨누어진 활을 내려놓게 하거나, 아니

면 날아올 화살의 수를 최대한 줄어들게 해야만 나중을 기약할 수 있습니다."

'음, 하긴 이대로는 승리를 장담할 수 없는 상황이야. 한종태를 대신할 만한 인물도 없다는 것도 ……'

지금까지 미르재단은 한종태가 당권을 잡고 대선 후보로 올라설 수 있도록 경쟁자들을 아예 제거하거나, 추문을 만들어 이미지를 실추시키는 방법으로 정치권에서 매장시켰다.

그 때문에 민주한국당 내에서는 한종태를 대신할 만한 인물이 없었다.

"알겠습니다. 사퇴연설문은 직접 작성하시겠습니까?"

"먼저 김대중 대선 후보를 만나야겠습니다. 남대문 테러 사건은 저와 별개의 문제라는 것을 확실히 못 박아두어야 합니다. 그리고 경찰 수사의 칼끝을 서범준 2차장으로만 향하게 해야지요. 더구나 경제 위기가 심각한 지금 정치권까지 혼란에 빠지면 한국호는 침몰할 수밖에 없습니다. 그 점을 강조하면 김대중이 대통령이 된다고 해도 지금보다 판을 더 키우지 못할 것입니다."

"무슨 말씀인지 알겠습니다. 그럼 전 최대한 문제가 되지 않게 정리 작업에 임하겠습니다."

한종태를 대체할 인물이 없는 상황에서 미르재단의 황만

수는 그를 지지할 수밖에 없었다.

더구나 한종태는 아직 젊었다.

*   *   *

대통령 선거를 하루 앞둔 전날 민주한국당의 한종태 대선 후보는 전격적으로 후보 사퇴를 선언했다.

유력한 대통령 후보였던 한종태의 사퇴 선언은 정치권에 큰 파장으로 다가왔다.

사퇴를 선언한 한종태는 남대문 테러 사건은 자신과 무관함을 주장하면서, 한편으로 불미스러운 사태에 연루된 것 자체가 어려운 경제 상황에 놓인 국민에게 실망감을 주는 일이라고 말했다.

오히려 한종태는 독립적이지 못한 국가안전기획부의 개혁을 요구하고 나섰다.

"저와 민주한국당은 앞으로 제15대 대통령 당선인과 함께 적극적으로 국가안전기획부의 개혁에 협조할 것입니다. 이러한 일이 진행되지 않는다면 앞으로도 저와 같은 불행한 정치인이 또 나올 수 있습니다. 국가 경제가 풍전등화인 지금 저는 오로지 국가와 국민의 안위만을 생각하는 마음뿐입니다. 저를 지지해 주신 국민 여러분께 정말 감사드립니다."

마지막 문구를 읽는 한종태의 목소리는 떨렸고 붉어진 두 눈에서는 눈물이 흘러내렸다.

한종태 대통령 후보의 사퇴 방송이 나가자 여론이 다시금 달라지기 시작했다.

뜨겁게 달구었던 남대문 테러 조작 사건은 한종태의 대통령 후보 사퇴로 인해 수면 아래로 잠겼다.

방송 이후 한종태의 지지자들은 민주한국당의 당사가 있는 여의도로 몰려가 후보 사퇴를 철회하라고 눈물로 호소했다.

그러한 모습 또한 TV 방송으로 고스란히 전달되었다.

여론은 한순간에 한종태가 안기부를 이용한 것이 아닌 안기부가 대선 후보인 한종태를 이용하려고 움직인 것이라는 말로 둔갑했다.

대선 후보들과 그들이 속한 정당들은 한종태의 대승적 결단에 큰 박수를 보낸다는 성명을 발표했다.

"음, 한종태는 보통 인물이 아니네요. 정말 여기서 사퇴하리라고는 전혀 생각지 못했습니다."

TV 방송을 지켜본 나는 한종태의 연기에 가까운 모습에 놀랐다.

"김대중 대선 후보를 직접 만나 후보 사퇴를 제일 먼저 알렸다고 합니다. 들리는 이야기로는 민주한국당 당직자들도 한종태 후보의 사퇴를 알지 못했다고 합니다."

김동진 실장의 말처럼 민주한국당의 핵심 인물들 외에는 한종태의 사퇴를 알지 못했다.

그만큼 즉각적으로 이루어진 일이었고, 그 때문에 여론은 일제히 한종태 후보 사퇴에 쏠렸다.

"김대중 후보가 대통령이 되는 것은 문제없겠지만, 한종태의 본 모습을 볼 수 있는 기회가 사라지는 느낌입니다."

"예, 저도 그 점이 몹시 아쉽습니다. 두 사람이 무슨 이야기를 나누었는지는 모르겠지만, 김대중 후보 측에서도 정치권의 혼란을 일으키는 폭로전은 현 경제 상황에서 이롭지 않다고 전해왔습니다."

한종태와 안기부의 서범준 제2차장을 잡기 위해 남대문 테러 사건을 주도한 박승규 실장의 증언을 공개하려고 했다.

하지만 지금 한종태는 오히려 안기부의 개혁을 들고 나오며 대통령 후보를 사퇴했다.

그리고 모든 일을 계획하고 지시했던 서범준 차장 또한 자살한 것이다.

"정말 아쉬운 일입니다. 기회가 왔을 때 확실하게 해야 하는데 말입니다."

이번 기회를 이용해 한종태를 정치권에서 물러나게 하려는 목적도 있었다.

하지만 그는 평범한 정치인이 아니었다.

승부수를 던질 줄 알았고 위기에 처한 지금 그 능력이 빛을 발하고 있었다.

*　　　*　　　*

정태술은 끓어오르는 분노로 인해 들고 있던 찻잔을 TV를 향해 던졌다.

팍!

브라운관과 충돌한 찻잔이 산산조각이 났다.

"이 새끼가 지금 장난을 하는 거야!"

정태술의 분노는 극에 달했다.

하루하루 부도 위기를 간신히 넘기고 있는 한라그룹은 12월을 넘기기도 힘든 상황이었다.

오로지 한종태가 대통령이 되어 숨통을 틔워주기만을 바랐다.

하지만 지금 그 바람이 산산이 부서진 것이다.

"지금까지 들어간 돈이 5백억인데… 이걸 받아 처먹고

사퇴를 한다고."

정태술은 테이블에 놓인 전화기를 들고는 황급히 번호를 눌렀다.

뚜뚜— 뚜!

하지만 수화기 너머로 들려오는 것은 전화가 걸리는 신호음이 아닌 통화 중을 알리는 신호였다.

몇 번을 걸어도 결과는 마찬가지였다.

쾅!

"내가 절대로 가만두지 않을 거야."

수화기를 거칠게 내려놓은 정태술은 이를 앙다물며 말했다.

*   *   *

제15대 대통령 선거는 강력한 대선 후보인 민주한국당 한종태의 후보 사퇴로 말미암아 싱거워졌다.

국민신당의 이인제 후보가 있었지만, 김대중 후보와의 지지율 격차가 10%를 넘어서고 있었다.

한종태 후보의 사퇴는 전국 투표율에도 영향을 끼쳐 역대 대통령 선거 중에서 최저인 63%를 기록했다.

최종 득표율은 김대중 후보가 52%를 차지했고, 이인제 후보가 한종태 지지자들의 표를 흡수해 43%를 얻었다.

이 선거 결과에 따라 김대중 후보가 임기 5년의 제15대 대통령에 당선되어, 한국 선거 역사상 처음으로 야당에 의한 평화적 정권 교체가 실현되었다.

하지만 IMF 관리체제를 받아들인 위기의 한국 경제의 앞날은 첩첩산중이었다.

Chapter 13

　김대중 대통령 당선인은 경제대통령과 외교대통령을 내세우며 경제개혁을 통해 99년 중반에 경상수지 흑자를 실현하여 IMF 관리체제를 하루라도 빨리 끝내겠다고 발표했다.

　그는 또한 빌 클린턴 미국 대통령과의 전화 통화를 통해 IMF와 협약한 사항을 충실히 지키고 적극적으로 협력해 나가겠다는 의사를 전달하고 협조를 구했다.

　일본의 하시모토 류타로 일본 총리와의 전화에서도 한국 경제의 어려움을 극복하는 데 있어 일본의 적극적인 협력을 요청했다.

미국괴 일본에 추가 지원을 요청해야 할 정도로 외환시장의 상황이 급격히 악화되었기 때문이다.

IMF의 구제금융 결정문의 잉크가 채 마르기도 전에 한국은 남미 국가 형태의 외채 위기로 달려가고 있었다.

더욱이 원화 환율의 폭락이 예상보다 너무 빨라 한국의 부채 부담은 하루가 다르게 늘어났다.

대선이 끝나면서 정치 불안이 사라졌음에도 환율은 큰 폭으로 올랐고 주가는 폭락해 300선으로 주저앉았다.

IMF에서 35억 달러의 긴급 자금을 수혈받았지만, 그것만으로는 활활 타오르고 있는 위기가 해소되지 않았다. 지금까지 IMF가 지원한 정도로는 위기가 해소되지 않을 것이란 우려감이 확산되고 있었다.

한국에 대한 불신감에 일본의 은행들은 연초 240억 달러에 달하던 한국에 대한 융자를 최근까지 계속 회수해 150억 달러로 줄였다.

호주 은행들도 한국의 은행이 발생한 수출신용장(LC)을 취급하지 않으려 했다.

미국 은행들도 마찬가지로 한국이나 국내 기업들 대다수가 정크(불량)본드 상태의 신용등급을 받고 있기 때문에 무역회사 현지 법인들의 LC 개설을 거절하는 경우가 허다했다.

여기에다 DA(수출어음만으로 선적 서류를 내주는 일종의 외상거래)마저도 해주지 않는 경우 또한 비일비재했다.

한국이 외새를 샀는 유일한 길은 수출을 많이 하는 것이지만, 미국 은행은 물론 한국계 은행마저 수출 신용을 해주지 않으려 했다.

"현대전자가 미국의 비메모리 전문 업체인 심비오스 로직의 인수 타진을 요청해 왔습니다."

김동진 비서실장이 계열사들에서 올라온 주요 상황을 보고했다.

심비오스 로직사는 현대전자가 비메모리 분야의 핵심 기술 확보와 미주 지역 현지 시장 개척을 위해 지난 94년 3억 4천만 달러를 투자하여 미국 AT&T사로부터 1994년 11월에 인수한 업체다.

적자 투성이였던 회사는 2년 만에 흑자로 전환되었고, 연평균 20%의 성장을 지속하고 있었다.

"심비오스는 어댑택사에 넘기기로 하지 않았습니까?"

어댑택사는 정보 기반 기술 구축에 필요한 주파수 대역폭 관리 기술을 보유하고 있는 업체로 컴퓨터와 주변 기기의 입출력 장치, 정보통신제품 등을 제조하는 업체다.

"미국의 연방통상위원회가 독과점을 이유로 매입 신청을 허락하지 않을 것으로 예상되어 매각이 취소된 것 같습니다. 다른 업체를 알아보고 있는 상황에서 블루오션반도체에 연락을 해왔습니다."

다른 기업들이 겪는 어려움처럼 현대전자 또한 현금이 급했다.

"심비오스의 올해 매출이 어떻게 되지요?"

"97년에는 6억 2천만 달러의 매출에 6천 8백만 달러의 흑자를 냈습니다. 96년에도 매출 5억 9천2백만 달러에 이익이 5천3백만 달러에 달했습니다."

과도한 경쟁에 가격이 내려간 메모리 분야와 달리 비메모리 분야의 성장과 이익은 해마다 늘어나고 있었다.

"음, 나쁘지 않네요. 현대전자에서 얼마를 원하고 있습니까?"

"7억 달러를 요구하고 있습니다."

"가격의 적정성과 함께, 미국 현지 회사이니 닉스글로벌에 연락하셔서 인수와 관련된 제반 상황을 검토하라고 하십시오."

흑자를 내는 건실한 기업들이 매각되는 것은 한국의 외환 위기가 가져온 결과였다.

닉스글로벌은 기존 NS코리아를 확대 개편한 회사로 M&A와 기업 법률 자문을 전문적으로 하는 미국 내 법률 회사였다.

대표는 루이스 정으로 M&A 전문 변호사와 회계사 등 72명이 활동하고 있었다.

닉스글로벌은 올해 증권 회사인 딘 워터와 모건 스탠리의 합병을 통해 세계 최대 증권사를 탄생시켰고, 3컴과 US 로보틱스, 뱅크 원과 퍼스트 USA 은행 간의 합병 등 굵직굵직한 합병을 성사시켜 인수·합병 시장의 강자로 떠올랐다.

또한 닉스글로벌은 소빈뱅크의 US 뱅코프 인수를 추진 중이었다.

미국 내 최대 지방은행인 US 뱅코프는 전통적 은행 업무와 내수시장을 바탕으로 하는 은행으로 2,800개의 지점을 보유하고 있었다.

"예, 바로 연락을 취하겠습니다. 그리고 미국에 진출한 국내 기업들 상당수가 철수를 단행하는 것 같습니다. 현지 은행들의 대출 회수와 함께 추가 대출이 전혀 이루어지지 않는 것 같습니다."

미국을 비롯한 선진국 은행들이 한국 기업에 외화를 빌려주기는커녕 빌려준 돈마저 돌려달라는 독촉에 값나가는 해외 법인을 매각할 수밖에 없는 상황이었다.

"예상된 수순이지만 너무 빨리 진행되고 있습니다. 미국 은행들이 보여주는 모습도 일반적이지 않습니다."

IMF 금융지원이 결정된 후 시작된 뉴욕 외채협상에서 한국 금융권의 단기외채를 만기 연장해 주는 것으로 결론이 났다.

12월에 돌아온 2백억 달러에 달하는 금융기관의 단기외채는 정부의 지급보증으로 만기를 1~3년 연장하여 한숨을 돌렸지만, 기업들의 외채 부담은 여전했다.

협상 후 미국의 중소은행들이 한국계 현지 법인 또는 현지 상사에 대해 무차별적으로 자금 회수에 나서는 데 이어 오랜 거래 관계를 유지해 오던 미국의 대형 은행들도 이에 가세했다.

미국 은행들은 1997년 12월 이후 한국 기업의 해외 법인에 대한 대출한도를 30~50%나 줄였다.

더는 대출을 늘리거나 만기를 연장해 주지 않은 채 국제 금리인 리보(런던 은행 간 금리)에 대해 6~8%의 높은 가산금리를 요구했다.

6% 미만의 국제금리 수준으로 돈을 빌리던 한국 기업으로선 두 배나 높은 금리를 물어야 했다.

"모종의 지시가 내려졌겠지요. 유독 한국에 대해서만 심한 잣대를 요구하는 걸 보면 말입니다."

"여러 요인으로 인해서 미국 내 한국 기업의 철수가 늘어나고 있습니다. 원화 가치 하락으로 현지 법인과 지점 유지 비용이 높아진 데다가 미국 은행들이 현지 법인에 대해 대출을 꺼리는 것이 큰 요인으로 작용하고 있습니다."

미국에 진출한 한국계 현지 법인들이 미국 은행에 대출 연장을 신청하면 은행은 외국 은행과의 일체 거래 내역과 만기 등을 기록한 자료를 제출하라는 요구를 받았다.

환율 변동폭이 완전히 폐지된 이후 환율은 더욱 급격히 상승해 달러당 1,600원을 돌파했다.

"기업들의 미국 내 사업 축소는 어쩔 수 없는 상황이 되었습니다. 삼성전자와는 접촉을 하고 있습니까?"

"예, 관계자들을 만나 협의를 진행 중입니다."

대선이 끝난 이후 뜻밖에도 삼성전자 측에서 연락을 취해왔다.

그것은 놀랍게도 삼성전자의 메모리 반도체 사업 부분의 인수 타진이었다.

현재 삼성전자는 60억 달러에 이르는 달러 외채에 시달리고 있었다. 삼성전자는 1994~95년 반도체 가격이 좋았을 때 그 수익금의 대부분을 자동차 프로젝트에 투입하였다.

하지만 외환 위기로 인해 대규모 투자가 이루어진 자동

차 사업은 정상 궤도에 오르기도 전에 판매가 급감했고, 메모리 반도체의 국제 가격 또한 폭락해 큰 어려움에 봉착해 있었다.

현재 삼성전자의 주가는 41,600원이었고, 상장주식 수량은 1억 1,511만 주였다.

"성급하게 협상을 진행하지 마십시오. 앞으로 LG반도체나 현대전자 반도체 사업 부분도 구조조정이 진행될 것입니다. 시간이 지날수록 주가가 더욱 가파르게 내려가고 환율도 곧 2천 원을 곧 돌파할 것입니다."

"달리가 2천 원을 돌파한다는 것이 믿어지지가 않습니다."

"며칠 내로 무디스와 S&P가 한국에 대한 국가신용등급을 낮출 예정입니다. 소빈뱅크의 정보로는 한 단계가 아닌 두 단계 아래로 낮출 것으로 보입니다."

"두 단계 아래라면 투자부적격이 아닙니까?"

투자부적격 국가군으로 분류되는 나라는 베트남, 러시아, 파키스탄, 도미니카공화국, 베네수엘라 등으로 이들과 비슷한 수준이 된다는 것이다.

"이게 지금의 현실입니다. 대선이 끝나면 금융위기의 한 요인으로 지적되어 온 정치적 불안이 진정되어 외환 사정이 개선될 것으로 기대했겠지만, 해외 투자자들이 우리를 보는 시각은 전혀 다릅니다."

정부와 금융계는 새 정부 탄생과 맞물려 국제 사회에 나타날 수 있는 몇 달간의 허니문 효과를 기대하고 있었다.

그러나 이러한 기대는 산산조각이 난 희망 사항에 그칠 것이다.

"저는 대선이 끝나면 어느 정도는 숨을 돌릴 줄 알았습니다."

"대선으로 인해 가려졌던 우리나라의 현실이 이제부터 민낯을 드러나기 시작할 겁니다. 김대중 당선인도 현실을 알게 될 것이고요."

김대중 당선자는 한국을 방문한 미국의 데이비드 립튼 재무차관을 만나고 있었다.

그는 립튼 차관에게서 한국이 지고 있는 외채 규모에 대한 실체를 파악했다.

* * *

립튼 재무차관을 만나고 난 다음 날 김대중 당선인이 급하게 나를 찾았다.

대통령에 당선된 이후 급한 일정을 수행하고 있었다.

대통령 당선에 일등공신이라고 말할 수 있는 나였지만

일부러 자리를 만들려고 하지 않았다.

대선 이후 후원했던 기업인과 대통령 당선인이 곧바로 만난다는 것은 보기 좋은 모습은 아니었다.

"잘 지내셨습니까?"

"후! 잘 지내지 못했습니다. 대한민국의 현실이 너무 암울해서 잠을 잘 자지 못하고 있습니다."

내 말에 김대중 당선인은 한숨을 내쉬며 말했다.

그는 대통령 당선인으로 정부 관계자들에게서 공식적인 보고를 받고 있었다.

이러한 보고는 현실을 더욱 깨닫게 해주었다

"우리 민족은 역사적으로 큰 국난을 잘 이겨내 왔습니다. 어려움이 없지는 않겠지만, 지금의 위기도 잘 극복할 수 있습니다."

"음, 정말 그랬으면 좋겠습니다. 제가 강 회장님을 뵙자고 한 것은 감사함을 전하고 싶어서입니다. 안기부의 계략을 막지 못했다면 오늘의 제가 없었을 것입니다. 진심으로 감사드립니다."

"아닙니다. 당연히 해야 할 일이었습니다."

"아무나 할 수 없는 일을 해주셨습니다. 강 회장님이 계신다는 게 저는 큰 힘이 됩니다. 그리고 오늘 한국의 경제 현실을 제대로 알고 싶어서 뵙자고 한 것입니다. 제가 어제 미국의 데이비드 립튼을 만나는 자리에서 들은 이야기가 있습니다. 립튼이 말하기를 한국이 지고 있는 외채가……."

김대중 당선인은 미국 정부가 추정하는 한국의 외채 규모가 임창열 경제부총리로부터 보고받은 외채 규모와 엄청난 차이가 난다는 사실을 알게 되었다.

한국 정부가 추정하는 외채 규모는 1,300억 달러~1,500억 달러이었지만, 립튼 차관은 한국계 민간 기업과 금융기관의 해외 법인이 직접 차입한 규모를 더하면 2,500억~3,000억 달러 수준에 달할 것으로 추정된다는 이야기를 해주었다.

여기에 단기외채 규모가 1,700억 달러 수준이라는 말도 전해주었다.

김대중 당선인은 이러한 외채 규모가 믿어지지 않아 나를 부른 것이다.

"예, 모두 사실입니다. 미국과 유럽의 금융권은 한국의 상황을 파악하고 있었습니다. 한국만이 현실을 제대로 알지 못한 채 안이하게 대처한 것이 문제를 더욱 키웠습니다. 며칠 내로 큰 위기가 닥칠 것입니다. 문제는 이 위기가 끝이 아니라는 것입니다. 12월을 넘겨도 곧바로 1월에 이번 달과 유사하거나 더 큰 위기가 발생할 것입니다. 한국이 가지고 있는 64억 달러의 보유 외환이 떨어지는 순간 국가 모라토리엄(대외 채무지급 불능 상태)을 선언할 수밖에 없습니다. 이는 곧……."

나의 말에 김대중 당선인은 온 신경을 집중하는 모습이었다.

립튼은 한국의 재벌 중 닉스홀딩스만을 유일하게 외국 투자자들이 인정한다는 말도 김대중 당선인에게 전하였다.

그것은 곧 세계적인 기업으로 성장하고 있는 닉스홀딩스의 조언을 구하라는 말이었다.

『변혁1990』 34권에 계속…

이제부터 전자책은

이젠북

www.ezenbook.co.kr

새로운 세계가 열린다!

김재한『성운을 먹는 자』	철백『대무사』
니콜로『마왕의 게임』	가프『궁극의 쉐프』
이경영『그라니트:용들의 땅』	문용신『절대호위』
탁목조『일곱 번째 달의 무르무르』	천지무천『변혁 1990』
강성곤『메이저리거』	SOKIN『코더 이용호』

이름만 들어도 황홀할 정도의 별들의 향연!
이들의 "유료연재"가 시작됩니다!

검색창에 **이젠북**을 쳐보세요! ▼

초대형 24시 만화방

신간 100%, 샤워실, 흡연실, 수면실(침대석), 커플석, 세탁기 완비

▪ 광명 광명사거리역점 ▪

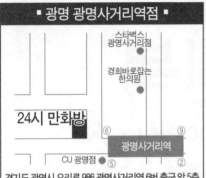

경기도 광명시 오리로 986 광명사거리역 6번 출구 앞 5층
02) 2625-9940 (솔목타워 5층)

▪ 강북 노원역점 ▪

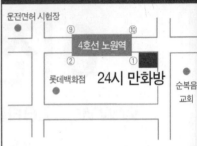

서울 노원구 상계동 340-6 노원역 1번 출구 앞 3층
02) 951-8324 (화용빌딩 3층)

▪ 일산 정발산역점 ▪

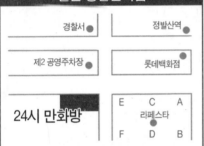

라페스타 E동 건너편 먹자골목 내 객잔건물 5층
031) 914-1957

▪ 일산 화정역점 ▪

경기도 고양시 덕양구 화정동 984번지 서일빌딩 7층
031) 979-4874 (서일사우나 건물 7층)

▪ 부천 역곡역점 ▪

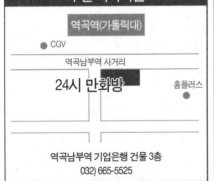

역곡남부역 기업은행 건물 3층
032) 665-5525

▪ 부평역점 ▪

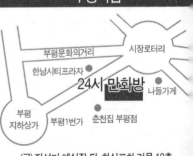

(구)진선미 예식장 뒤 한신포차 건물 10층
032) 522-2871

FUSION FANTASTIC STORY

임영기 장편소설

상남자 스타일

의뢰 성공률 100%를 자랑하는 만능술사 '골드핑거' 강선우.
사실 그에겐 말 못 할 비밀이 있는데…….

바로 신족의 가문 '신강가(神姜家)'와
다국적 기업 '스포그(SFOG)'의 도련님이라는 사실!

"내가 만능술사를 하는 이유는
세상을 이롭게 하기 위해서야."

돈이면 돈, 권력이면 권력, 능력이면 능력.
모든 것을 다 가진 그가 해결 못 할 의뢰는 없다!
지금 전 세계가 그의 행보에 주목한다!

Book Publishing CHUNGEORAM

유행이 아닌 자유추구
WWW. chungeoram.com

한의 韓醫 스페셜리스트

가프 장편소설

FUSION FANTASTIC STORY

돌팔이 소리만 듣던 한의사 윤도.

달라지고 싶은 마음에 찾아간 중국 명의순례에서
버스 추락 사고에 휘말리고 마는데……

구사일생으로 살아 돌아온 지 30일.
전에 없던 스페셜한 능력들이 생겼다?

초짜 한의사에서 화타, 편작 뺨치는 신의로!
세상의 모든 질병과 인술 구현에 도전한다!

Book Publishing CHUNGEORAM

유행이 아닌 자유추구 -
WWW.chungeoram.com